내가 지은 집에는 내가 살지 않는다

내가 지은 집에는 내가 살지 않는다

초판 1쇄 발행 | 2023년 12월 15일

지은이 | 고영서 외 19명
펴낸이 | 황규관

표지·본문 삽화 | 김대중
디자인 | 정하연

펴낸곳 | (주)삶창
출판등록 | 2010년 11월 30일 제2010-000168호
주소 | 04149 서울시 마포구 대흥로 84-6, 302호
전화 | 02-848-3097
팩스 | 02-848-3094

ⓒ고영서 외 19명, 2023
ISBN 978-89-6655-172-9 03810

내가
지은
집에는

내가
살지
않는다

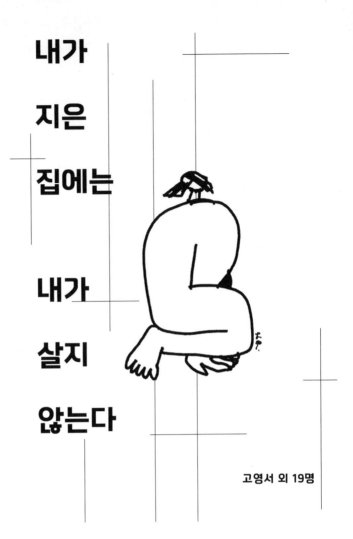

고영서 외 19명

삶창

시는 확장된 민주주의에 대한 꿈

1

　기후위기는 어느새 우리 삶을 위협하는 현실이 됐다. 2050년에 이른바 '탄소중립'을 이뤄야 한다는 목표도 때늦은 게 아닌가 의심이 들 정도로 변화된 기후 상황은 이미 실존의 위기를 느끼게 한다. 올 장마의 폭우로 인한 비통한 피해는, 잔인하게 말하면, 언젠가는 누구나 한 번쯤 겪게 될 일의 전조인지도 모르겠다. 이에 대한 철저한 대비도 물론 필요하지만 대비라는 것도 어디까지나 합리적 예측이 가능해야 이루어지는 것인데 비해 기후 상황은 카오스적 성격을 갖는다. 따라서 변화된 기후는 우리의 합리적 예측을 비웃으며 벌어지기 마련이다. 이에 대한 원인 자체가 너무도 복잡하고 깊어서 과연 인과론적인 대책이 가능할지 의문이 들 지경이다. 동시에 기후위기는 지금껏 만나본 적이 없는 바이러스의 활동을 촉진시킬 것이라는 예상도 있어 팬데믹 상황도 계속될 것이라는 경고도 충분히 주어진 것으로 알고 있다. 감히 디스토피아를 예언하자는 게 아니라 인간의 합리적 이성이라는 것도 결국 삶의 조건으로서의 기후 등을 넘어서지 못한다는 점은 확실하다. 이는 인간마저 거대한 생명 활동의 소산이라는 점을 받아들인다면 부정하기 힘든 원초적 사실에 가깝다. 하물며 기후는 생명 활동의 직접적 조건이 아닌가. 결국 인간의 합리적 이성 자체도 기후의 영향을 많이 받을 것이라는 짐작은 과학적 논리의 문제이기 전에 우리가 일상에서 실제로 경험하는 사태이기도 하다. 따라서 기후변화로 인한 지구상의 생명 활동의 급변은 인간의 이성과 감성에도 큰 영향을 끼칠 게 분명해 보인다.

이렇게 인간의 이성이든 정신이든, 아니 몸이나 영혼 자체가 기후 등 삶의 조건에 종속되어 있다는 사실은 우리가 지금껏 알고 있는 합리성의 정의와 척도를 재고할 것을 요구한다. 기후변화를 직접적으로 느끼는 것은 역시 우리의 몸일 텐데 우리가 그것을 인식하느냐 여부와는 상관없이 몸은 기후의 변화에 따라 무언가를 끊임없이 감지한다. 몸의 변화가 마음의 변화와 언어의 변화, 상상력의 변화를 가져온다면 우리는 먼저 몸의 느낌에 더욱 예민해질 필요가 있다. 하지만 그것은 보신을 강조하려거나 분열증적인 쇄말화(瑣末化)를 가리키려는 것이 아니다. 몸의 감각적인 떨림을 의식하지 못하거나 부차적인 것으로 치부하는 한 '합리적' 이성이라는 것 자체가 부실해지기 마련이며, 부실해지다 못해 기후변화로 인한 마음의 불안과 동요를 방기할 위험마저 있다. 우리의 의식이나 심리라는 것이 몸이라는 바다 가운데에 떠 있는 섬에 가깝기 때문이다. 만일 우리의 의식이 몸이라는 바다의 출렁임을 제때에 인지하지 못한다면, 그것은 어쩌면 몸이나 의식 자체의 문제라기보다 의식의

해안가에 다른 이물질이 껴 있어서 그럴 가능성이 크다. 그런 한에서는 몸이 아무리 파도를 보내도 의식이라는 섬은 그것을 인식하지 못할 것이고 의식은 점점 몸에서 멀어지다 못해 더 깊은 심연으로 굴러떨어질 것이다. 그리고 이것은 근대자본주의 문명이 지금껏 우리 몸과 의식을 이간질해온 역사이기도 하다. 여기서 의식을 마음이나 정신으로 번역해도 맥락상 의미는 동일하다. 사실 현대인들이 겪는 이런저런 마음의 병은 근대문명이 야기한 몸의 변화에 의식(마음)이 대처할 수 없는 상황 때문일 공산이 크다. 아니, 몸의 변화 그 자체 때문일 것이다.

그렇다면 이 의식의 해안가에 잔뜩 끼어 있는 이물질은 무엇이고, 이것을 제거하는 과제는 어떻게 가능한가?

2

대통령이 미국의 장단에 맞추느라 나토 정상회의에 참석했을 때 폭우가 쏟아졌다. 요즘 장마가 예전 장마와 다른 것도 기후변화에 따른 카오스적 현상 때문인데, 국지성 호우가 그 중 두드러진 특징일 것이다. 그런데 이 현상은 올해 갑자기 나타난 현상이 아니었다. 가깝게는 이미 그것을 친절하게 알려준 때가 윤석열이 대통령으로 취임한 직후의 작년 장마다. 그렇다면 올해는 최소한 다른 방비가 있어야 했거나, 그게 아니면 마음 자세라도 달랐어야 했을 것이다.

물리적 대비야 요즘 폭우가 워낙 국지성이니 한계가 불가피했다 치더라도, 행정적 방비나 시스템의 개선, 백번 양보해서 마음가짐이라도 달라졌어야 하지 않았을까. 이에 대해 그간에 벌어졌던 사건들을 다시 나열해봐야 애먼 에너지 낭비이기 십상이다. 다만 현 정권의 역사적 성격과 우리가 이제 상시적으로 맞을 수밖에 없는 재난 상황과의 구조적 관계는, 우리에게 가볍지 않은 과제로 주어졌다고 볼 수 있다. 우리가 예전의 언어와 상상력에서 벗어나지 못한다면 우리는 '정권 퇴진' 이상을 말하지 못하게 될 것이다. 우리 역사에 면면이 이어져 온 민중 봉기의 전통은 우리가 언제나 다시 살아야 할 유산이지만, 역사 자체가 동일한 사건을 살도록 용납하지 않는다는 진리를 염두에 둔다면 언제나 문제가 되는 것은 '어떤' 봉기이냐 일 것이며, 도래할 봉기의 성격을 위한 매 순간의 정진과 자기 변화는 '지금'을 사는 가장 진실한 자세가 될 것이다.

기후위기의 원인으로 근대자본주의 산업문명과 그것이 강제한 소비 지향적인 생활 양식을 드는 것은 이제 상식이 돼버렸다. 그렇다면 이 원인의 매듭을 현명하게 풀어내는 것이 시대 정신에 부합하는 일일 텐데, 우리의 발목을 잡는, 우리의 영혼에 깊이 뿌리 박힌 또 다른 '시대 정신'이 있다는 사실도 직시할 필요가 있다. 그것은 여전히 벗어나지 못하는 경제성장에 대한 강박이다. 자본주의 생산양식에서 경제성장은 곧 자본의 무한한 증식을 말하는바, 사실 '경제성장'이란 말 자체가 자본주의 아니면 나타날 수 없는 개념이자 현상이다. 경제성장을 또 다른 시대 정신이라고 부르는 것은 과거의 왜곡된 정신이 여전히 맹위를 떨치고 있음을 강조하기 위해서다. 경제성장을 멈추면 삶이 붕괴될지 모른다는 두려움에서 헤어나오지 못하는 것은 결국 정치의 문제이면서 문화의 문제요, 우리의 상상력/언어의 문제이기도 하다. 따라서 우리는 지난 문재인 정권에서 진행된 개혁도 사실 피상적인 것에 지나지 않았으며—한편으로는 신자유주의적인 정치/생활 양식에 그들 스스로가 앞장선 끝에 지금의 현실을 탄생시켰으며—그 피상적인 개혁마저 노골적으로 걷어차고 있는 윤석열 정권의 무도한 행태들은 재임 기간의 몇 배에 해당되는 퇴행의 시간을 가져올 것이라는 점을 통찰하는 것이 중요하다 할 것이다.

기후위기 문제에 있어서도 윤석열 정권은 이에 대응하고 싶은 마음 자체가 없어 보인다. 지난 폭우로 큰 피해를 입었을 때도 말로는 기후위기 문제를 들먹였지만 그것은 책임 회피성 멘트에 가깝다. 즉 기후위기 때문에 어쩔 수 없다,는 무책임한 인식이 본래의 무책임한 마음가짐과 뒤섞여 내뱉어진 것이다. 도리어 기후위기는 자신들 집단의 무책임한 마음가짐을 가리는 은폐막이 역할을 해준 셈이 되었다. 즉 기후위기를 대하는 최소한의 정치 행위마저 이 정권은 하지 않을 작정이다. 이는 최소한의 형식적/제도적 민주주의 장치를 무력화시키는 바탕 위에서 진행되고 있는데, 결국 기후위기 문제는 민주주의 문제와 연결돼 있음을 역설적으로 드러낸 셈이다. 기후위기가 자본주의 경제성장의 결과물이고, 경제성장이 수탈과 착취 없이는 불가능하며, 수탈과 착취의 결과가 심각한 불평등 체제라면 기후위기와 민주주의의 위기는 결국 같은 원인에서 출발한 셈이다. 민주주의는 경제적 불평등 위에서는 가능하지 않다는 게 지금껏 역사가 증명해왔다. 금융자본의 약탈적 지대 추구로 인한 전례 없는 경제적 불평등—신자유주의의 전일적 지배—의 심화와 때를 같이 해서 탈민주주의/탈진실의 시대가 등장하지 않았던가. 우리가 말하는 민주주의는 당연히 형해화된 서구의 민주주의를 가리키는 것이 아니라 도리어 사람이 아닌 다른 생명체와 자연을 포함한 확장된 '민(民)' 개념을 향해 열려 있는 것이다.

3

그런데 시(詩)야말로 이런 확장된 민주주의에 적합한 게 아닐까? 우리의 삶을 지속시키는 근원적인 구조와 환경은 자연과 기후이다. 또 인간의 삶이라는 것은, 사람끼리의 관계를 통해서만 가능한 것도 아니다. 기존의 시에서 보이는 자연이나 다른 생명체, 과거, 장소, 심지어는 우주나 시간에 대한 경험과 관념의 형상은 본질적으로 시가 열려 있는 사고와 상상력을 바탕으로 하고 있기 때문이기도 하다. 즉 문명사회에 의해 주조되는 자아(ego)의 표상만이 시가 아니라는 뜻이다. 도리어 자아는 근대자본주의 문명으로 인해 파생된 역사적 인간의 한 단면이다. 자아가 역사적 조건에 의해서 크게 영향받는 것은 사실이지만 역사를 초월한 생명이나 우주에 연결되어 있는 것도 부정할 수 없다. 물론 여기서 초월은 역사를 벗어난 다른 세계로의 벗어남을 의미하지 않는다. 역사 자체가 인간 삶의 총체이고 인간 삶의 총체가 역사를 이루는 것이면 역사와 생명 현상 그리고 우주적 사건은 서로 긴밀히 엮여 있다고 봐야 한다. 따라서 이런 총체적인 관점을 잃지 않아야 흔히 말하는 역사의 발전이라는 것도 믿어볼 만한 것이 된다.

역사가 하나의 별을 향해 나아가야 하는 것은 아니지만 역사에 생명의 법칙과 우주의 섭리가 함께 참여하고 있다는 인식이야말로 시적 인식에 다름 아닐 것이며, 생명의 법칙이니 우주의 섭리니 하는 것도 당연히 '저 세계'에서 독립적으로 존재하면서 삶을 지도하는 것이 아니다. 그것은 오로지 '이 세계'에서 펼쳐질 뿐이며 그럴 때만이 생명의 법칙과 우주의 섭리가 존재하면서 인간의 언어로 말해질 수 있다. 이런 장황한 생각이 말할 수 없이 미세한 것들이 지배하고 있는 오늘날 얼마나 실감 있게 받아들여질지는 모르겠지만, 위대한 시인들은 언제나 삶의 내부에 열심이면서 동시에 생명과 우주적 사고와 상상력을 포기하지 않은 것으로 알고 있다. 우리에게 필요한 변증법은, '이것'과 '저것'의 대립을 통해 '그것'으로 진보하는 근대적 변증법이 아니라, 근대자본주의 문명이 강제하는 협소한 삶의 틀을 깨고 비상과 추락을 반복하는 변증법일 것이다. 그리고 시는 그런 변증법을 실증하는 주된 방식 중 하나임에 틀림없다.

오늘날 시가 왜소해지는 현상이 두드러진데, 그에 대한 비평적 접근이나 이의 제기를 접하는 것은 거의 기대하기 힘들다. 아마도

완벽하게 상업화된 출판 시장과 관계가 있을 것인데 여기에 예전과는 다르게 문학 매체나 문학 출판사보다 작가의 입김(작품의 상품화를 넘어선 작가의 상품화)이 점점 세지는 현실 변화도 한몫하고 있는 중이다. 온라인 환경을 이용한 개인 미디어는 이제 웬만한 중소 출판사보다 힘이 세며 대형 출판사들도 '잘 나가는' 저자의 눈치를 안 볼 수가 없는 형국이 되었다. 이는 출판계에 종사하는 이들이라면 구체적으로 실감하는 현상이기도 하다. 이런 환경에서 예전과 동일한 문학 권력 논쟁은 사실 허공에 괜한 주먹질만 하는 꼴일 가능성이 커졌다. 인정 욕망의 극대화가 부정적인 의미로서의 위계질서를 깨뜨렸는지는 모르겠지만 비평적 지성의 후퇴와 작품에 대한 냉정한 읽기의 체념 또한 불러왔음도 사실이다. 이제 비평과 비난을 구분 못 하는 세상이 되었다. 비평은 어느새 '좋아요'의 반대편에 있게 된 것이다. 다시 말하면 비평은 '싫어요'로 인식되면서 아이러니하게 점점 '좋아요'에 종속되는 일이 벌어지고 있다. 이는 결국 비평의 부재와 퇴행으로 연결될 수밖에 없으며 비평이 '싫어요'로 인식되는 한 비평은 (상업적) 평판 유지를 위해 본연의 비판 기능과 창조적 지성을 수월히 포기한다.

여기에 뒤따라오는 것은 일종의 능력주의다. '좋아요'의 수집과 그것을 바탕으로 한 판매 지수의 확보가 일종의 능력이 된 셈이다. 그리고 이 능력주의는 앞에서 언급한 경제성장 이데올로기에 깊이 감염된 병적 현상이기도 하다. 즉 경제성장 이데올로기는 각자도생 능력의 성장 또한 자극하며 경제성장의 수혜자가 능력주의자라는 것은 이것에 대한 실증이 된다. 그런데 오늘날 경제성장을 추동하는 것은 첨단 과학기술이라는 사실도 깊이 유념할 필요가 있다. 경제성장으로 인한 물질적 풍요가 몸의 감각을 퇴화시키기도 하지만 과학기술의 혁신이 편리를 증대시키면서 몸을 잃어버리게 한다는 점도 잊어서는 안 되는 현상이다. 문제는, 나타나는 현상의 복잡다단함이 현실을 극복해야 한다는 이성적 욕구를 사막화한다는 점이며 이것이 또한 오늘날 시의 왜소화 현상에 큰 영향을 끼치고 있는지도 모른다. 현실을 극복해야 한다는 이성적 욕구의 감퇴는 정신적 무기력과 함께 미시적인 현상에 대한 편집증적인 집착을 낳기 마련이다. 이는 이른바 '선진국병'이라 일컬어지는 무차별적인 폭력이 일상에서 벌어지고 있다는 점, 혐오의 정서가 줄어들지 않고 여러 모습으로 나타난다는 점, 그러면서 이것들이 모이고 변형돼서 파시즘적인 집단 심리로 이어지는 현상을 떠올려 보면 수긍을 마냥 거부하기는 힘들 것이다. 그리고 이는 민주주의의 후퇴를 일으키는 원인인 동시에 민주주의의 후퇴가 낳은 결과이기도 하다.

4

여기에 모인 시인들이 보여준 작업이 앞에서 진단한 문제들을 뚫고 나아가는 힘을 모두 보유하고 있다고 말하는 것은 과장일지 모르겠다. 시는 모든 것을 다 담아내는 하나의 바구니가 아니기 때문이다. 도리어 이 모든 것에 열려 있는 언어를 뿌리는 텃밭의 비유가 적당할 것이다. 하나의 작품도 텃밭이지만, 여러 작품을 모아 놓은 시집도 텃밭에 다름 아니다. 비유를 한 번 더 허락한다면, 이 앤솔로지는 작물이 좀 더 다양한 텃밭이라고나 할까. 그리고 뿌려진 씨앗으로서의 언어는 공산품이 아니기에 인위적 조작과 개입으로 생산된 게 아니다. 그것은 시인들 각자가 자신의 삶의 조건 속에서 자신도 모르는 자기 목숨의 법칙에 의해 수확한 것들일 것이다. 하지만 낱낱이 별개의 씨앗은 아니고 공통된 자연과 공통된 역사와 공통된 장소를 얼마간씩 담고 있다. 이게 이 앤솔로지를 기획한 속셈이기도 하고 바람이기도 하다.

시가 확장된 민주주의의 표현이면서 그것에 대한 꿈이라고 할 때, 분명 이런 믿음도 포함된다. 우리는 너무도 깊이 계약 관계에 오염돼 있다. 어찌 보면 전통적인 의미의 '사회 계약설'에는 냉정한 진실이 숨어 있는지도 모른다. 하지만 계약이 삶을 전적으로 지배해서도 안 되고 지배할 수도 없다. 계약과 계약 사이에 혹은 계약이 어쩌지 못하는 영역에는 분명 서로에 대한 믿음이 작은 숨을 쉬고 있을 것이다. 그것을 계속 옥죄어서 계약 관계로 돌려놓자는 게 근대 자본주의 문명의 의도겠지만, 그럴수록 그것을 드러내놓고 때로는 무의식적으로 거부하는 것이 시이기도 할 것이다. 우리에게 이런 작은 해방구마저 없다면 삶이라는 것은 진즉 무의미해졌을 것이다. 어떤 상황에서도 삶이 무의미하지 않다고 증언하는 것도 시의 중요한 책무에 해당된다.

가난한 초대에 망설임 없이 발걸음을 해준 시인들께 감사드린다.
미움과 슬픔은 적의 것이요, 사랑과 기쁨은 우리의 것이다!

차례 ———————————— **기 획 의 말**

시는 확장된 민주주의에 대한 꿈 04

중심 찾기

중심이라 말하면 어떤 사람은 배꼽을 떠올린다
단전에 힘을 모으고
어떤 사람은 미간을 찌푸리지
수요일의 꼭대기를 건너는 기분으로
어떤 사람은 옆 사람을 힐끗 쳐다봐
네가 아니면
나는 줄 끊어진 그네처럼 날아가고 말 거라고
의좋은 쌍둥이 자매가 타고 있는
시소의 기울기처럼, 어떤 사람은

정오의 햇볕을 온몸으로 받으면서
어떤 사람은 사랑의 힘으로 자신의 삶이 공전한다고 주장한다
벌들을 끌어당기는 꽃들의 중력이라면
지구 반대편에 사는 사람과 중간에서 만나게 된다면
세 형제 중 둘째로 태어난다면

어떤 사람에게는 사랑하는 사람과 미워하는 사람이 있고
그는 중심이 된다

어떤 사람에게는 상승과 추락의 순간이 있고
그는 중심이 된다
어떤 사람에게는 살고 싶은 마음과 더는 살고 싶지 않은
마음이 있고 그는 중심이 된다

천국과 지옥을 오간다는 죽은 문장 속에서
어질러진 감정들의 정확한 중간값에서

비밀의 제빵공장

경품에 당첨된 것처럼 놀라운 확률로
빵을 먹다가 손가락이 나왔어

손가락의 모양으로 미루어볼 때 그것은 삿대질, 귀 틀어막기, 방
향 가리키기
혹은 무언가에 애써 닿으려는 중이었어

손가락의 주인을 찾아주고 싶어서
빵 봉지에 적힌 제빵공장으로 갔어

머리에 하얀 위생모를 쓰고 하얀
가루에 손이 뒤덮인 제빵사들이
손톱 검사를 받듯 손등을 내밀었어

거기에 손가락의 주인은 없었어
행렬에 숨어 귀찮다는 듯 귀를 파는 실습생이 있었지만
손가락의 주인은 아니었어

제빵공장의 공장장은 미안하지만 헛걸음이라고
이 공장의 공정에서 손가락이 들어가는 경우는
아주아주 나쁜 확률이라고 했어

그는 작업 중에 게으름 피우는 직원들을 향해 삿대질을 했지만
그 역시 손가락의 주인은 아니었어
휴게실이 어딘지 묻자 건물 바깥을 가리키며 웃던 이도
밤샘 근무가 끝나고 기계 앞에서 꾸벅꾸벅 졸던 이도

일과 중 단 세 번의 휴식을 위해
모든 제빵 기계에는
정지와 가동 버튼이 달려 있었어

빵 크림에 파묻혀 있던 이 손가락은
무엇을 위해 뻗어가고 있었을까
무엇에
닿으려는 중이었을까

그 후에도 나는 가끔 같은 상표의 빵을 사 먹었고
더는 경품처럼 손가락이 나오는 일은 없었어

하지만 빵을 먹다 하얀 크림이 손가락에 묻었을 때
크림이 묻은 손을 무심결에 입에 가져다 댈 때
수많은 손끝이 나를 가리키는 기분이 들 때가 있어

그럴 때면 나는 정지 버튼이 눌린 절삭기처럼
빵을 씹는 일을 그만두고 생각하게 돼

당신을 먹는 일엔 아무 맛도 느껴지지 않는다고
조금도
기쁘지가 않다고

시조새

새가 되기 전에
그러니까 새가 아니었던 새가 있겠지

날개가 되기 직전에
아득히 추락하는 날갯짓이 있었을 거야

탐조하러 뒷산을 오르다 생전 처음 보는
알록달록한 버섯을 따다 먹었다

이제 나는 링 달린 천사가 되기 직전에
추락하는 인간, 혹은 천사의 시조

마지막으로 남길 유언은 먹지 마시오
이 버섯은 너무 아름답고 씁쓸했음

인간의 사랑에도 사랑이 아니었던
처음이 있겠지

최
지
인

낮과 밤

1

내가 진실로 너희에게 이르노니

속절없이
앙상해지는 것들

사랑한다는 것은
살아낸다는 것이다

모든 게 엉망이었을 때

2

너는 개구쟁이였어
네가 당한 만큼 돌려줬지
아니 그것보다도 더
너 때문에 죽고 싶다고 했던 거 기억나?
까먹었겠지 그걸 다

새기면 어떻게
살 수 있겠어

3
도와주세요
저녁엔 잠이 안 와요

아파트 지하 주차장으로
들어선
응급 출동 차량

4
꼭 개구리 같았다 몸이 커졌다 작아졌다 하는 게 우리는 개굴개
굴 몸을 포개고 깊게 들이마셨다
숨을

급할 게 없다고
급하면 후회뿐이라고

잠깐
멈추면

이야기하는 낮과 밤의 대지

5
남은 사람은
남은 사람의 몫을 해야지

둘 다 가라앉아서
다행이다

같이 있으니까
재밌다

쪼그려 앉아서
혼자였으면 서러웠을 거야

춥고 외로워서
마지막으로

숨
참고

너무 아름다워
두고 온 것들

여보
나는 부자가 될 수 없어

슬프지 않을 때는?
네가 미끄럼틀 탈 때

까르르
까르르

새 한 마리
죽은 사람 위에 앉아 있다

6
우리 삶에 답이 있다면 얼마나 좋을까요?
답이 없었으면 하는 마음이 드는 건 왜일까요?

훌훌 털어버리고
다시 만날 날이 오길

7
2022년 2월 24일

러시아가 우크라이나를 침공했다
전쟁이 일어난 것이다

8
씨앗을 뿌리는 봄과
그것이 자라는 여름
익은 걸 거두는 가을 동안
종종 괴로웠다 우리는
겨울이 오기만을 기다렸다
고요한 겨울에는
산책도 하지 않고
집에만 있지 그때만큼은
마음도 고요하지

네가 태어나서 참 다행이야

9

추하고 어리석고

서투르며

희망이 없다고

믿게 하는 것들

연대하라

단결하라

아니면 당신을 먹이로 보는 이들에게

약탈당하고

지배당할 것이다

Health

Food

Basic

Income

Shelter

Education

군함에 고한다

꺼져라

*

해적방송―제국이 원하는 바는 이방의 평화가 아니라 속방의 시민이 목
숨 걸고 싸워 적을 약화시키는 것입니다 (⋯) 도덕은 하나가 아니며 (⋯) 조
선은 왜 청과 일의 전장이 (⋯) 들판에 소총을 버려두고 잠든 사내가 있습니
다 (⋯) 피 흘리는 사내가 (⋯)

0

질문에 답하는 이는

어떻게 그 답에 이르게 됐을까?

부끄러움도 없이

다음에 우리는

꼬장꼬장한 사람이 되겠지

라디오 주파수가
나무에 닿았다

화장터가 주검으로
꽉 차던 때가 있었다

내가 지은 집에는 내가 살지 않는다.

새*

해방

삐돌린 이미지

내가 살지 않은 시절

많은 러시아인은 전쟁에 반대하고 있다 지난날 시민들이 그러했
듯이

이번 생엔 부디

구순을 맞은 할머니가 나무 의자에 앉아 있다

차를 몰고 약속 장소로 향하는 동안 우리의 미래에 관해 이야기
했다 금리가 가파르게 오르고 있다

굴속에서 십여 구의 유골이 발견됐다

땅을 나눠 가진 형제들은 오후 세 시쯤 헤어졌다

이 집안은 끝났다

생존자의 증언에 따르면 불길에 휩싸인 망자는 되살아난 것처럼
몸을 비틀었다고 한다

묵인된 것들

무단출입을 금함

긴 터널

꼬박 몇 세기가 지났다

이따금 소강상태

마음에 드는 옷을 장바구니에 가득 담았다 생각이 멈추지 않았다

인간이 인간들을

산산이 부서질 이미지

해변에 누워 책을 읽는 작년과 재작년 모퉁이에 메모한 것 완벽

하다고 믿었던 것

모르는 사이

아무렇지 않다고

네 이름을 크게 불렀다

* 〈새의 노래(El cant dels ocells)〉. 1971년 10월 24일, 유엔은 첼리스트 파블로 카살스에게
유엔평화상을 수여했다. 그는 이 곡을 연주하기 전 연설했다.
"나는 거의 40년 동안 공개적으로 연주하지 않았습니다. 오늘은 이 곡을 꼭 연주하고 싶
습니다. 이 작품은 〈새의 노래〉입니다. 하늘에서 새들이 노래합니다. 'Peace, Peace, Peace'.
바흐와 베토벤, 그리고 모든 위대한 음악가들이 찬미하고 사랑했을 아름다운 곡입니다.
이것은 나의 조국 카탈루냐의 영혼입니다."

커브

과거가 말하길, 망하지 않으려면 뭐라도 해야 한다고, 의자에 앉아 세월을 곱씹었다

몇 가지 사건들: 제주 오키나와 타이베이 마닐라 싱가포르 스리랑카 마다가스카르 아이티 홋카이도

해변의 모래알
그것은 비슷한 정서, 미래가 중단되었다고 내다보지만, 나아가는 이들 모르는 곳으로,

쓰는 것 말고 할 수 있는 게 없으니까
나는
쓸쓸해서
바리케이드 앞에 선 시민

동지가 경찰에게 발각되어 끌려갔을 때 의자에 웅크려 작은 몸을 숨기고

하늘에서 폭죽 같은 게 터졌다 빛을 잃은 파편들 무너진 돌벽들
화약 냄새가 코를 찔렀다

어느 날 네가 사라졌고
영영
돌아오지 않았다 홀로
도시에 남겨졌다
봉인된 상자 속에는 무엇이 들어 있을까?

문 열면
구경꾼들이 모여 있을 것만 같다
잠시 쉬고 싶어
콩은 생각했다 움직이지 않은 채
땅속에서
운명을 헤아렸다

*

죄를 짓지 않을 아이와 같은 해에 태어난 나는 그에 비해 안온한

시절을 보냈다 그의 모국; "독재자에게 죽음을" 외치는 거리를 걷
다 보면 죽은 자들이 또렷하게 보였다
　　그에 비한다면 나는 태어나선 안 됐다 그러니 할 수 있는 것을 하
자 후를 도모하자
　　분노하라

　　여러 해 동안
　　친구의 유고 시집을 읽고 있다

　　너는 다음 생에 나무가 되고 싶다고 했지
　　부족한 게 많았어 내가
　　얼마나 널 사랑하는지
　　모르겠지
　　울어도 이상하지 않지

　　내가 아니게 될 때
　　네가 아니게 될 때

맨손으로
그릇을 깨끗이 씻었다

여름이면 집집이 창 열고
바람 되어

도통 알 수 없던 마음도 투명해지고

겨울에 입을 스웨터도 다 짰다
이제
생생하다

미래가 말하길,

허
유
미

뿔소라 편지

두린* 딸아
어멍 속말 들어보라

뿔소라는 수족관에 오래 두면
뿔이 사라져버린다

바다가 부아 나 창자를 뱉을 기세로
광란이 나면
배도 뒤집히고 물고기도 뒤집혀 튀어 오르고
반짝이며 살던 것들이
물살에 휩쓸릴 때 뿔소라는

바위 고양에 뿔을 뻗어
물살을 견디며 애를 쓰며 산다
그게 뿔소라 사는 낙이지

그런 뿔소라 한 망사리 캐며 산다고
깊은 눈물 바다에 가라앉히지 말아라

바다에 있으면
세월에 휩쓸리지 않는다

세월이 나 못 데려가고 혼자 가는데
뭐라도 먹여 보내야 할 것 같아
무릎 내주고 이 몇 개 내주고 한 거다

내주고 나면 견디고 애쓰는 힘을 알아
내가 무서워 바다 광란도 멈추는 거다

어깨가 뒤틀린 게 아니고 뿔이 돋고 있는 거다

소라 철에는 사는 낙이 파도를 펄쩍 뛰어넘을 때이니
설운 아기처럼 전화하지 말아라

* '어린'의 제주말.

불턱*

봄까치꽃 지나 청보리밭 지나
덤펑덤펑 발 빠지는 모래밭 지나
여기까지는 아는 곳일 거야

지나면

너럭바위 틈으로 눈이 몽글몽글 솟아나
나무 타는 소리 뒤에 잔기침이
물살을 밀어내지
겨울을 오래 앓는 곳이야

바람에 파래진 속살들과 떠는 발
바라보다 웃다가 서로의 어멍처럼
앓는 머리는 앓는 등을 품어주고
앓는 등은 앓는 허리를 품어주고
어제 허우적대던 숨이
오늘 허우적대던 숨을 안아야
불을 볼 수 있는 곳이야

봄이 남은 겨울을 다 지펴도

한 줌의 겨울이 계속 남는 건

추위를 나누며 닮아가길 바라서야

그곳에서 모두 바다를 닮아간다지

그곳까지 가려면 뼈마디에 고름이 차야 해

* 해녀들이 물 밖으로 나와 불을 피우는 곳.

엄밧동산 서녁밭[*]

아비 없는 아이를 낳았다는 소문이 시들 때쯤
산물^{**}이 익었다
아이가 울 때 마른 젖을 빡빡 빨 때
산물을 씹었다
안간힘이란 단물을
우려내고 우려내는 일

겨울을 우리고 우려내면
가까이 오려는 사람이 있다
부르면 얼굴이 나타나고
만지면 붉은 숨 쉴 것 같은
또렷한 빛과 색으로 다가오려는 안간힘

산물 나무 사이에 두고 한 걸음 떨어져
마주 보고 서 있어도 뒤엉킨 삶을 잃어버려
산물을 씹는다 아기는 제 울음을
잊고 기억하고 잊고 기억하는 안간힘으로
하루하루 크고 눈을 내리는 안간힘으로

겨울을 봄을 불러온다

1947년 3월 1일 제주는 사랑과 이념의 안간힘으로 죽음으로
공포와 탄압을 밀어내기 시작했다

* 1948년 12월 13일, 토벌대는 엄밧동산 서녁밭에서 주민 48명을 공개 총살했다. 총살당한
주민 중에 할아버지가 있었다. 당시 할아버지는 등에 총을 맞고도 몸을 일으켜 "남로당 만
세"를 불렀다. 다시 머리에 총을 맞은 할아버지는 결국 쓰러졌다. 할머니는 한 손으로 고
모를 안고, 다른 한 손으로 배 속에 아버지를 안고 총살 장면을 내내 봐야 했다.
** 귤의 제주말.

고
영
서

바오 닌*

1975년 4월 30일 밤 최초의 전승 기념으로 받은 선물이 잠이었
소 떤선녓 비행장 곳곳에 해먹이 펼쳐지고 청사의 난간에 대합실
의자에 매표소 책상 위에 벌러덩 누워 잠을 청하던 병사였소 방아
쇠를 당기던 손으로 헤아릴 수 없는 주검을 보아버린 눈으로

살아남으려면 뭐든 써야 했으니까

상처는 아물고 고통은 누그러든다** 그러나……

세월이 흘러도 변하지 않는 사실이 있다는 걸 아오? 당신은 전쟁
을 겪지 않았으니 나이와 상관없이 젊은이겠구려 열일곱 이후 나
는 늙은이가 되어버렸고

과거를 잊고 미래로 나아갈 수 있겠소?

나는 전쟁에 반대하기 위해
전쟁의 이야기를 쓸 뿐이라오

* 베트남의 소설가. 베트남전쟁에 참전한 경험을 바탕으로 쓴 자전적 소설 『전쟁의 슬픔』과
『물결의 비밀』 등이 있다.
** 『전쟁의 슬픔』 중에서.

휴전이라니, 연진아

구름 낀 바다 하이번,

구불구불한 길을 오른다

이 고개를 경계로 베트남은
남과 북으로 나뉜다지
낮고 하찮은 사람들의
거대한
산꼭대기 요새
총탄 자국과 부서진 잔해물들
그러나
이곳은 과거형

고개를 넘으면 진주가 많다는
랑꼬 해변

삼팔선의 남과 북은
현재진행형

잊힐 만하면 미사일 떨어지는

한 반 도

비나

해마다 같은 시기에
다섯 병의 생수를 들고 이국의 마을을 찾는
사내가 있었다

일곱 명의 소대원 중에
자신을 포함한 두 명만이 살아서
고국으로 갔다

야자수 아래 찍은 흑백사진처럼
기억은 희미해도
꿈속에서만은 선명했을 얼굴들

죽음은 잊겠는데
마셔도 마셔도 채워지지 않는
갈증을

흩뿌려댔을 손아귀에는
너무 꽉 쥐어 형편없이 찌그러진,

지금은 사라져버린 생수 이름

비나!

기준

취준생은 내일이 없고
해고된 노동자는 오늘이 없고
조용히 죽어 나가는 노동자는 어제로 잊힌다

K문화가 디스코팡팡에 올라 춤춘다
K-POP K-드라마 K-영화 K-미용 K-음식

나는 K-국민인가
K-국민은 위인가 아래인가

K-노인자살 K-청년실업 K-청년자살
K-남녀임금차별 K-장시간노동 K-저임금

마을이 사라지고 있다
붉은 땅 갈아엎어 골프장 짓고
있으나 없는 신기루 같은 집들
끊임없이 아파트를 올린다

인구절벽 부추기며
아이들이 여자들이 힘없는 사람들이
집에서 직장에서 사이버공간에서 거리에서
폭력으로 성폭력으로
무참하게 말라가는데
경찰이나 검찰이나 법이나
풀어주고 놓아주고 살려주고

묻지 마, 알아도 상관없어, 내가 제일 많이 죽였어

명시된 법이 없다고, 정말 법이 없어서?
그래서 책임자가 없는지
낯빛 하나 변하지 않는 국가

K구조는 정체 불명하게 딴딴해지고
K 앞세워 달려드는 돈벌레들
돈벌레가 휘두르는 망나니의 총칼에
K-국민 골병든다

Enjoy

상품은 기계의 속도보다 빨리 진화하고 있지
보고만 있어도 흥분되고 환상적이야
수천의 빚이 늘어가도 상관없지

VIP 고객인 브론즈 미스도
필살기가 있지
시인이라는 간판 걸었지
시는 우울증 같은 예술 상품이거든
사실 예쁜 시인이 더 잘나가는 상품이지

그녀의 눈에 띄는 상품들이 있지
요리 잘하는 미스터가 좋을까
부유하고 나이스한 기혼이 좋을까
세탁 상품 세일 상품 유형별로 있지
휙 돌면 휙휙 신상품이 줄 서 있네

간만에 브론즈 미스가 선택권을 쥐니
안주로도 씹지 않을

윤리를 들이밀고 모성을 난도질하지
대열 갖추어 마녀사냥에 돌입하네

미스터들의 왕국에서
미스나 미시즈 같은 미즈 상품은
빛의 속도를 따라 진화했지

혁명적인 상품 중에서도 혁명적인
미스터들의 숙주이니까

제3의 계급

여자의 노동은 섹스를 해주는 것
환희와 교감이 없는 섹스를 해주는 것
자본주의는 여자의 가랑이를 좋아해
여자의 가랑이에서 다져진 South Korea

자본주의는 Man
남 주기는 아깝고 내가 갖기는 부담되는 그래서 공유하는 여자는
Man의 이부자리

자본에 잠식당한 노동
노동 스스로가 파업을 접었는데
여자의 노동은
가족이나 국가에게
그 무엇에게 파업을 선언할 수 있을까

여자의 섹스는 생존의 기술
가랑이를 벌리지 않으면 살기 힘든
어제와 같은 피조물

밤낮없이 노동력 출산을 강요하며
성녀와 요부를 가르고
유리 천장 아래서 잠자리까지 통제받는
이브와 마리아를 넘나드는 노동

노동의 섹스는 대기 번호
살아남기 위해 언제든 다리를 벌려야 하는
여자의 노동은 자본의 자본

Man은 인간
여자의 노동이 영역을 넓힌다고
Man이 될 수 없는 인간의 시간인데
사랑이라는 채찍으로 여자의 노동을 착취하고
노동 밖 노동의 병풍으로 펼쳐져 있는지

아버지의 가랑이에서 해방되는 여자의 노동
Man이 Man의 연대를 해체하는 그날까지
끈질기게 죽는다

김
선
향

피에타

베트남 사람 쩐 안 동(Trần Anh Đông)
한국 이름은 천안동입니다

흰 포대기로 싼 주검을 부둥켜안고
그는 서 있습니다

영문도 모른 채

아버지는 아들을 놓치지 않으려
죽을힘으로 버팁니다

두 눈을 감고
어금니를 꽉 물고

아들의 빈소를 꾸리기 위해
화성 함백산 추모공원으로 가야 합니다

동탄성심병원 지하 주차장에서

차편을 기다리고 있습니다

어린이집에서 낮잠을 자던 아기가
숨을 쉬지 않는다고 했습니다

아들에게 무슨 일이 있었던 걸까요

눈물도 나지 않습니다
믿기지도 않습니다

허리 수술 후 실업급여로 살아갑니다
그래도 내년 봄 아들의 첫돌에는

한국 사람들처럼
허름한 빌라에 사는 이웃들에게
백설기를 돌리고 싶었습니다

튤립, 튤립들

지난 연말에 강원도 횡성인지 사북인지 어디 먼 데서 프란치스코 신부님인지 요셉 신자인지 누군가 튤립 구근을 가마니째 들고 오셨다는데, 우리 동네 금촌 성당 안드레아 신부님은 튤립 구근 가마니를 얼떨결에 받으셨다는데, 신부님은 그 크나큰 엉덩이를 치켜든 엉거주춤한 자세로 간이 화단이며 담장 아래며 뒤꼍이며 흙이 있는 곳이면 어디에나 튤립 구근을 심으셨다는데,

생각해보세요!
한 자루도 아니고 한 가마니예요!

넉살 좋은 안드레아 신부님은 미사 강론 중에 예의 그 따발총처럼 빠른 목소리로 생색을 내셨다는데, 맨 앞에 앉은 연령회 어르신이 우리 신부님 욕보셨다며 추어올리셨다는데, 봄비 그친 주일 아침 캄캄한 흙을 뚫고 튤립들이 아기의 첫 아랫니처럼 일제히 고갤 내미셨다는데,

생각을 해보세요?
한 자루도 아니고 한 가마니예요!

저 환한 기쁨의 묵언(默言)들이 성당 안팎에 가마니째 피어나셨다
는데,

날개가 접힌 새처럼

다리 하나를 잃은 의자가
한 달째 골목길에 서 있다

지나가는 차들은
사람을 피하듯 조심을 한다

눈을 맞고
겨울비를 맞으며

속절없이 서 있는 불구(不具)

밀양 표충사 처마 아래
이른 봄볕을 쬐던 누런 고양이도
다리 하나를 잃고

아직 누군가 기다리는 사람이 있다는 듯
기울어져 있었다

날개가 접힌 새처럼

박
승
민

노이무공(勞而無功)

헛됨이 오만 년이라면 오만 년의 동굴 속에는 얼마나 많은 암염
이 광물질처럼 박혀 있는가.

바위에 부리를 찍고 간 바람의 행렬이 있었겠는가, 긴 조문(弔文)
이 피투성이로 따라서 갔겠는가.

오만 년의 기다림 속에는 또 얼마나 난폭한 광야가 속수무책 펼
쳐져 있었겠는가.

슬픔과 원망의 바다 너머, 지나도 지나도 지지 않는 사막의 한낮
이 이어졌겠는가.

삼십 년, 오십 년짜리 기다림은 명함도 못 내민다는 쓸쓸한 웃음
의 격려도 들어 있지 않았겠는가.

기다림의 오만 년, 그 속에는 勞는 無를 쌓는 일, 勞는 無를 견뎌
야만 완성된다는 오래된 지혜의 이삭들이 숙이고 있지 않은가.

수십 생애를 무일푼으로 건너 오만 년 만에 너를 처음 만났듯* 이 우주 속에는 아무것도 헛되지 않음을

그러니 보이는 것만 보지 말라는 긴 망원경을 주시지 않았는가.

먼 우주의 시간 속에는 이 세상 헛되고 헛된 일 없다는 것을 아침마다 돌아오는 햇볕이 부연하고 있지 않은가.

이 작은 발걸음이 오래전에 누군가 벗어놓고 간 큰 신발이었음을

이 작은 신발조차 오랜 후에는 누군가 훌훌 신고 갈 큰 발걸음임을

勞而無功

이 차돌 같은 말속에는.

* 「용담가」에서 하느님이 수운을 만나는 대목.

두 손

—튀르키예, 강진

작은 손이 큰 손을 잡고 있다

콘크리트에서 나온 작은 손이 거칠거칠한 큰 손을 잡고 있다

이미 죽어버린 손이 그 손을 놓으면 아빠도 따라 죽어버릴까 봐
못 놓고 있다

손을 놓는 순간 죽은 딸이 진짜 죽어버릴까 봐 한순간도 딴 곳을
못 본다

그는 산 채로 죽어가는 사람

그는 죽은 채로 살아갈 사람

눈은 텅 비어서 아무것도 무너지지 않았다

식어가는 큰 손이 식어버린 작은 손을 더 식지 못하게 덮고 있다

식어버린 작은 손이 식어가는 큰 손이 더 식지 못하게 꼭 덮고
있다

두 손은 떼어낼 수 없어서 무너진 시간 속에 멈추어 있다

쌀쌀한 그늘을 깨밭에 가두고

들에서도 마스크 없이는 안 되겠다는 듯
다짐처럼 당겨 쓴 부부가 깨를 턴다.

태어난 곳에서 주저앉은 입성이란
솥단지 밑의 그슬린 얼굴과 가둔 숨을 뱉을 때마다 움찔하던,
뼈를 더 크게 문 손등의 굵은 힘줄 같은 것.

어느 자식이 보낸 줄도 모르는 새 운동화가 그사이 흙탕이 되
었다.

가을볕을 건너뛴 추위에 덜 마른 깻단을 털지만
더 이상 보탤 것 없는 몸들이 누런 차선 앞에 가로막혔다.

인생 노을은 저렇게 서로 맞고 때리면서 저물어가는 것,
터진 몸통에서 번진 들깨 향은 뒷산으로 날아가 붉게 무르익
는다.

눕혀진 자신을 피해 몇 걸음 물러서지만

10월의 쌀쌀한 그늘은 깻단을 격리 시설처럼 속보로 어둠 속에 가둔다.

지주(地主)

아버지 돌아가신 지 열한 해
그해 아버지 상속을 모두 어머니에게 넘겼다
그렇게 열한 해가 지났는데 느닷없이
아버지 이름의 땅 한 조각이 튀어나왔다

죽어 산감(山監)이 된 아버지는 아직도 서류상
자투리땅의 지주였다 강남땅 한 평 값도 안 되는
비탈밭 사백 평의 권리를 상속받으려고
이런저런 서류를 만들었다

소유의 권리를 위해 전전 소유자인 망자까지
모두 제적등본으로 소환됐다
아버지와 할아버지의 제적등본을 뗐는데
전전 소유주는 할아버지가 아니었다

행불 후 사망 처리된 낯선 망자의 이름
오래전 어렴풋 존재만 들었던 큰아버지였다
북을 조국으로 선택했으므로 모두

쉬쉬했던 이름이 잊었던
땅처럼 불쑥 나타났다

살아도 죽은 사람이었을 큰아버지
쓸쓸한 가계를 뒤적이며 세상을 버린
혈족을 앞세워 그 땅의 권리가 내게 왔다

식민지와 끝없는 이데올로기를 거쳐온
이름들처럼 얼마나 오래 묵었는지 도대체 어떻게
써야 할지 모를 모나고 가파른 땅
그렇게 나도 지주가 됐다

발우공양

꽃망울 터지기 시작한
벚꽃길 마스크를 쓴 노부부 걸어간다
손을 꼭 잡고 앞선 할머니 따라
한쪽 팔 곱은 할아버지
불편한 다리를 끌며 간신히 걸어간다

마이 아픈교
괘안타
마이 힘든교
쪼매 힘드네

자네는 괘안나
괘안니더
자네도 힘들제
그케 쪼매 힘드니더

이 순간이 올 때까지 저들도 악착같았으리
단단한 옹벽처럼 버티고 서서 식구를 여미고

큰 소리로 삶을 받아치며 흐뭇하던 시절도 있었으리

어쩌다 한쪽 옹벽 무너져 내렸는지
알 수 없어도 발우 같은 서로의 몸을 공양하며
꽃길을 걷듯 여생을 조심조심 건너간다

백수광부

티베트고원에 오래 나부낀 룽다나 타르초*처럼
누더기가 된 홑이불을 바다 쪽으로 널어놓고
며칠째 주문을 끝없이 바람에 날려 보내는 사람
귀담아들어봐도 도무지 알아듣지 못할 말
몸을 버리고 다른 세상으로 가버린 제 영혼을
부르는 것 같기도 하고 바다에서
영 돌아오지 못한 누군가를 애타게 찾는 것 같지만
풍랑 위로 흩어진 말은 물거품에 묻혀 아무런
풍문도 남기지 못하고 사라진다
누구나 혼잣말이 하고 싶을 때가 있지
다시는 볼 수 없는 이가 맺히도록 그립거나
생이 극지에 가 닿은 듯 속없는 자신을 질책하며
억장이 무너질 때 그렇게 뼈마디를 빠져나간
간절함은 모두 어디로 스몄을까 굽은 등을
펴지도 못하고 제자리에 서서 아랑곳없이
간구하는 사내 지난밤 꿈자리마저
떠나보내듯 한없이 가벼운 홑이불이 펄럭인다

* 오색 천에 라마 경전을 적어 긴 장대에 매단 것을 룽다(隆達), 긴 줄에 만국기처럼 이어 달은 것을 타르초(Tharchog)라 한다.

홍 횟집

폭력으로 좀 살고 나온 아들이 제대로 한번 살아보겠다고 어미 명의 오두막 팔고 수협 대출 받아 차린 횟집 이름은 '홍'이었다 젊은 놈 밤낮으로 이 악물고 장사하면 빚 갚고도 1억쯤은 우습게 쥘 거라는 계산에 어미도 찬모로 나섰다 '축 개업' 화환이 배달되었다 바르게살기운동본부, 팔방조기회, 만불산악회, 선주협회, 79동기회가 대박을 기원했다 헤어졌던 애인도 카운터로 돌아와 카드 단말기 작동 연습을 했다

코로나 확진자 발생에 횟집 문 닫았다 수족관 도다리들도 허옇게 배를 뒤집었다 재난지원금 몇 푼 받으려면 폐업도 못 한다 대출 이자에 밀린 월세가 자꾸 술을 불렀다 어찌어찌 다시 문을 연 지 일주일 만에 벌금 300만 원 물었다 거리두기 인원 제한 어겼다고 신고한 후배 놈 찾아가 죽도록 팼다 합의 본다고 쫓아다니는 사이 애인도 가버린 횟집 뒷방에서 어미 혼자 앓고 있다

마지막 인사

문어잡이 배 기관장 김 씨가 보름째 떠오르지 않는다
선주는 김 씨가 들어간 물의 문 앞에 거하게 상을 차린다
보살은 솔가지와 소금 들고 배 구석구석 돌며 혼을 불러 액을 친다

욕봤다, 욕봤다, 깊고 푸른 물에서 그만 올라오너라 돼지머리에
돈 넣어주거든 그거 들고 먼저 간 할배, 할매를 찾아가거라 젖은 옷
갈아입고, 색동옷 갈아입고, 배고프면 음식 먹고, 목마르면 물을 먹
고, 네 좋아하던 곡주 먹고 왕생극락하시라 우예든지 오늘날 부모
에게도 감기지 말고, 형제한테도 감기지 말고, 자식한테도 감기지
말고 홀가분히 떠나라 착한 물의 것, 명이 짧아가는 것이니 좋은 마
음으로 가거라 재수 재수 놓고 이제 훨훨 가거라

선장도 화장도 도방새도 보살 음절로 절한다
베트남에서 온 뚜언도 캄보디아에서 온 썸낭도 하얀 손바닥 모
은다

씨가 된 말

자무질*로 꾸리는 살림이라 아가 들어서면 우짜꼬 근심이었는디 안 들어서니 그것도 걱정일 무렵 어렵사리 새끼를 뺐니라 서른 살 넘어 받은 선물 택이지 풋콩만큼 자란 녀석은 유독 에미를 걱정했느니 성게 독에 성난 상처 고름을 짜고 앉았으면 더덕 껍질 같은 손가락 끌어다 호호 불어주었니라 어서 자라 돈 마이 벌어 우리 엄마 집도 사주고 자무질도 않게 하겠다고 했느니

그런 아들 군에 보내 전사 통보를 받았니라 저만치 물위에 생때 같은 내 아들 앉은 것만 같았느니 온 세상 빙빙 돌고 가슴 답답해 도저히 살아낼 재간이 없었니라 전사자 유족 연금이 나오는디 내 아들 따라가야지, 가야지 하면서도 그 돈으로 살아졌니라 즈그 에미 편케 살게 해주겠다던 말의 씨가 귀 안에서 움텄니라 어린 것 생각 없이 한 말, 까맣게 박혀 무럭무럭 자랐니라

* 잠수하여 미역 등 해산물을 채취하는 일, 자맥질.

임
성
용

풀꽃 따라간다

사람 나고 돈 났지
돈 나고 사람 났나,는 말은
돈보다 사람이 귀하다는 것인데
사람보다 돈이 앞서면 안 된다는 말인데

사람은 돈을 따라간다
잘나고 못나고 도덕적이고 아니고
보수고 진보고 간에 그건 중요하지 않다
돈 없으면 나도 나를 무시한다

그는 돈 없고 가난한 사람들 편이라고 하지만
그에겐 돈 없고 가난한 사람들이 필요했다
사로잡힌 꿈이 못 견디게 아프다는 눈빛 주변에
누구보다 명예롭고 높은 이름들이 많다

풀꽃을 따라가는 사람도 있다
풀꽃 곁에 있는 사람은 숨긴 욕망마저 푸르게 지운다
시장통 아이처럼 눈치 빠른 사람은 어느 사람과 친밀하고

어느 자리에 발을 뻗을지 어깨높이 어울리는 거리를 안다

저 수많은 싸움에 외침에
저 찬란한 광장에 대지에
오로지 풀꽃의 힘으로 봄의 자랑이 충만하다
풀꽃에 묻혀 일하다 지친 사람은 풀꽃 냄새 진한 혀를 빼문다
풀꽃은 아무 데나 피고 풀씨는 아무 데나 떨어져 자란다

꽃구경

근호는 장가도 못 들었지만
혼자 살지만
예순 넘어 일흔을 바라보지만
아흔 된 어머니를 모시고 산다
거동이 불편할 뿐이지
정신 멀쩡한 어머니
삼시 세끼 밥 차려 드리고
보건소 물리치료도 업고 다닌다

대학 공부 가르치고 공무원에 사업가에
하다못해 학교 선생 노릇이라도 하고
그런 잘난 자식들과 며느리가
어머니! 건강하세요
지극정성 인사하고 두 손 부여잡고
어머니를 요양원에 요양병원에 보낸다

나는 인제 여기 죽으러 가는 거쟈?

어머니가 자꾸 물어도 자식새끼들은 웃는다
그래, 홀어머니 한 분 모시기도 바쁠 텐데 어쩔 건가
요즘 세상이 그러니까 그러려니 하세요, 어머니!
돈만 내면 간병인 오고 밤낮으로 돌봐주잖아요

손자 손녀는 꼭 미국으로 유학을 가야 하고요
며느리는 굳이 다 큰 애들 뒷바라지한다고
미국으로 따라가서 살고요
어머니 죽으면 아들도 딸도 달려와 서럽게 울 거예요

근호는 효자라고 소문나지도 않았지만
오늘도 늙디늙은 어머니 구루마에 태우고
끄덕끄덕 구루마 밀고 꽃구경 간다

배추밭

마을에 홀로 살던 노인이 떠났다
노인의 집이 비었다

마을에 마지막 사람이 떠나자
사람의 집이 비자
집 앞에 배추밭만 남았다

노인이 떠나기 전에 심은 배추는
아무도 거두어가지 않았다
배추는 얼고 죽어 겨울을 났다

봄이 와도 누런 배추밭 나비도 날지 않고
들에 개나리
산에 진달래
노래처럼 곱게 피었다

김
용
만

우린 언제쯤 고요해질까요

비 옵니다
새벽 빗소리 듣습니다
어둡지만 잘 찾아옵니다
우리 집에 내리면 제 손님입니다
지붕에 돌담 위에 나뭇가지에 그 소리
모두 다릅니다
그래서 재미있습니다
사는 게 재미있어야지요
제 소릴 품어야지요
시원한 밤공기가 좋습니다
아내도 빗소리처럼 새근새근 잡니다
적막한 밤이기에 그 곤한 소리
가슴에 닿습니다
고요는 귀한 소리를 듣게 합니다
우린 언제쯤 고요해질까요

등이 뜨겁다

햇살이 좋아 이불 널어놓고

호미를 들었다

마당 텃밭을 돌아

뒤란 밭과 꽃밭까지 한 바퀴 돈다

풀들은 잔뜩 긴장하고

꽃들은 좋아 죽는다

너의 죽음으로 나는 꽃피나니

땅을 안고 사는 이는

등이 뜨거워도

가슴이 먼저 젖는다

생은 어찌 보면 뽑아 쥔

한 줌 풀 한 포기 같지만

뜯기지 않은 뿌리다

흔들리며 뿌리가 크듯

뿌리가 역사를 쓴다

너는 어디서 시를 줍고

어디다 버릴거냐

앞산 밑 고라니가 켁켁거린다

소양이가 짖는다
새끼들은 늘 목에 걸린다

대낮에

앞산 어디 고라니가 울며 간다
바람따라 멀어지는 울음소리가
커억—컥
목에 걸린다
나무 그늘 아래 엎드린 채
고양이가 으르렁거린다
이유 없는 울음이 어디 있을까
분명 새끼 찾아 나선 게다
살아보니 울음의 반은 자식 일이다
이 봄 꽃과 꽃 사이
수백 억 벌떼들이 사라졌다 한들
한 노동자가 죽었다 한들
사람들 이제 왜냐고 묻지 않는다
화낼 줄도 모른다
반응 없는 겁나는 시대
흐느끼며 돌아서 눈물 훔칠
시퍼런 사내 하나 그립다

서쪽

해가 먼저 뜨는 곳에서 살아보지 못했으므로
노을의 자식이었고 갯벌이나 뜨거운 신작로를
돌게인 양 눈 찌그리며 삐딱하게 걷는 아이였다

엄마와는 가무락이나 맛조개를 잡았고
아버지는 큰 백합이 사는 표식을 잘 찾았다
썰물이 끝까지 밀려가는 곳에 살던
비단 무늬 조개는 크고 아름다웠지만
좋은 예술품처럼 많지도, 어떤 것도 똑같은
무늬가 없었다

모깃불 연기 속에서
조개국수 끓이던 밤이면
딱 멍석만 한 땅만큼의 천국이
별똥별로 내리기도 했다
곁에서 킁킁거리던 개들의 이름은,
그러나 어디로 사라져간 개들의 이름은
하나같이 메리였다

살아야 하는 곳은 북쪽이었고
돌아가고 싶은 곳은 서남쪽이었다
올라가요라는 말은 살러가요라는 말이었다
내려가요라는 말은 그리워요라는 말이었다

내가 북쪽으로 사라진 동안
바다는 한 겹의 방조제가 더 둘러쳐졌고
염전은 태양광이 되어 멀리서 보면
엇비슷하게 사금파리처럼 빛나고

수줍은 칠면초가 스치는 어린 종아리의 시간도
모래가 더 많아 발이 잘 빠지지 않는 갯바닥도
발바닥에 뭉툭하니 간지럽게 걸리는 조개들도
사라진 시공 속에서 놓친 보물들인지,

아까워, 종아리가 무거워, 잠이 깰 때면
염전에서 수차를 돌리다 해 저물어 돌아오는

아저씨들 지렁이처럼 꿈틀거리던 종아리도 생각났다

살면 살수록 빛보다는 소금이 더 필요한 것인가
여전히 나는 넘치는 빛에서는 눈을 찡그리고
소금기 앞에서는 밀물을 맞은 조개처럼 입을 벌리고
마음에는 몇 겹의 비단 무늬가 생기곤 하였다

흑호두나무 아래서

잘 잤어요. 오래 산 양림동 흑호두나무 아래서, 창문은 낡고 얇아서 호랑가시나무 뾰족한 이파리가 찔러대는 것인지, 나도 오월의 그 이방인처럼 그렇게 깨며 뒤척였으나 시 같은 잠을 잤어요.

선교사들이 무슨 일을 하고 살았는지 다 알 순 없지만 호두나무 한 그루 아름드리로 가꾼 일과, 사백 년을 산 호랑가시나무를 품어 준 일과, 나무가 다 알고 하늘이 다 알아야 할 지옥을 널리 퍼뜨린 과업을 갸륵히 생각하며.

깨면서도 잘 잤어요. 쓰러진 사람들을, 병상으로 몰려오는 피비린내를 지하실에서 몰래 인화하던 그 이방인에 비할 수 없는 편한 긴장감으로. 저 나무의 절반 가까이 나이를 먹었더니만 자다가 손이 저릴 때가 있는데, 그러나 쥐고 자면 좋았을 호두알도, 나눠먹을 주먹밥도, 멀리 던질 돌멩이도 없는데, 아니 고통을 생각하는 근력이 먼저 떨어지는데……

착검을 한 군인들은 사라졌는데…… 다시 미끈한 슈트로 변복한 자들이 법전을 착검하고 휘젓는 악몽, 골목과 안방과, 꿈까지 샅샅

이 뒤져 죄를 발명하여 치세하는 기술이 총검보다 무섭지는 않았지만 더러운 뱀꿈 같았어요. 그들이 망치를 먹은 호두알처럼 산산이 깨지는 길몽도 번갈아 꾸며.

 흑호두나무는 생각이 높고 곧았던 나무였나 봐요. 생각이 많으면 골이 패이나 봐요. 고뇌에는 평면이 없더군요. 이렇게 골 수가 굳은 것이 하얀 호두 살이 되고, 껍질은 딱딱하고 쓰나 진실은 담백하고 고소할 것이므로…… 그 단단한 나이테를 안고 부비며 잤는지 눈덩이가 거무스레한 흑호두알 같았어요.

죄의식

부끄러움과 공포를 알게 된 것은 열두 살 하굣길
아버지에게도 대들던 내가 구멍가게에서
돈도 없이 사탕을 집었다 놓쳤을 때
눈깔사탕만큼 눈이 불뚝하던 주인과 눈이 마주쳤을 때

그 뒤로 그 작은 손의 동일한 죄는 멈췄다

형들과 과수원에서 몰래 사과를 따서는
큰 자루에 메고 올 때
달도 밝아서 달에게는 들켰고
목말라 먹은 풋사과에도 체해버렸으니
그 또한 그만둬야 할 싹수 노란 죄였다

수치심은 끝끝내 자산이 되지 않았고
양심의 법정에서 사면되지도 않았다
이뿐만 아니라 이뿐만 아니라,
선잠을 깨우는 부끄러움이
꿈의 행간마다 남아 있었으리라

기타 등등의 들켜야 할 밀행들이
다 보고만 달빛과 햇빛의 증언들이
봤으면서도 못 본 체한 눈빛들이
들켜야 할 소소한 죄목들이

남아 있을 것이다 또한
실수했지만 실패하지 않아야 할 일들이
자책감이 아니라 책임감으로 살아야 할 일들이

어머니의 나라

─2022년 12월 이태원에서

어머니, 여기가 어디입니까

여기가 어디이기에 자고 나면 죽음이고

자고 나면 울음입니까 자고 나면 절규고

자고 나면 비통뿐입니까

여기가 어디이기에 축제가 비극이고

비극이 일상이 된 것입니까

떨어져 죽고 기계에 끼여 죽고

바다에 침몰해 죽다 못해

웃음과 노래에 깔려 죽기까지 합니까

여기가 어디이기에 구하지도 않는 겁니까

여기가 어디이기에 창자를 끊는 슬픔이

조롱이 되고 야유가 되고 손가락질이 됩니까

여기는 어머니가 평생 밭을 매고

생선을 팔고 화장실 변기를 닦고

무릎과 허리를 바친 나라가 아닙니까

아버지의 노동을 굽고 삶고 조리고

다시 차비로 학원비로 급식비로

다 나누어 키운 나라가 아닙니까

어머니, 여기가 어디입니까

어디이기에 어머니가 이룬 나라를

군홧발에 이어 법복이,

언론 나부랭이가 더러운 돈다발이

여전히 독재를 떵떵거리고 있는 겁니까

웃으며 현관문을 나간 자식이 동생이 아내가

싸늘한 죽음으로밖에 돌아오지 못하는 겁니까

여기가 어디이기에 둘러대고 거짓말하고

도리어 어머니를 파렴치한으로 모는 겁니까

아침 일찍 일어나 이 나라를 먹이고

옷 갈아입히고 때 묻은 몸을 씻겨놨더니

누가 어머니를 모욕하는 겁니까

아, 저들은 어머니의 잠자리에 얼음을 쑤셔 넣는 자들

아, 저들은 베인 상처에 끓는 물을 뿌리는 자들

아, 저들은 쉬지도 못하고 차린 밥상을 발로 차는 자들

어머니, 여기가 어디입니까

여기는 어머니 없이는 버려진 쓰레기인 나라

여기는 어머니 없이는 물 한 모금도 마시지 못하는 나라

여기는 어머니 없이는 공기마저 희박해져
숨이 턱턱 막히는 나라
여기는 그것을 모르는 저 무뢰배들의 나라가 아니라
어머니에 의한 어머니의 나라,
어머니만이 죽은 목숨들을 살릴 수 있는 나라입니다
어머니 때문에 겨울 지나 봄이 오는 나라입니다
어머니의 기도로 다시 만들어질 나라입니다
어머니, 여기는 어디입니까

가을의 영혼

가을은 이제, 아파트 관리인 아저씨들의
그치지 않는 비질에서 시작된다
나는 그 옆을 지나 어두컴컴한 사무실로 가거나
다 읽지 못한 책을 반납하러 도서관에 간다

말라가는 풀잎에 서리가 하얗게 내리거나
논에 쌓아둔 짚단을 마당으로 옮기거나
여물을 헛간에 가득가득 채우거나
남긴 감을 파먹는 새의 모습을 가만히 바라보던
시간은, 이제 가을과는 아무 관계가 없다

낙엽이 자꾸 떨어지니 나무를 잘라야 한다는
예배가 끝난 늙은 교회 장로의 저주가
가을이 된 지 꽤 오래되었다

가을은 이제 온통 시와 노래와
고통을 치유한다는 인문학의 영토가 되었다
지난 계절은 소란스러운 확성기가 되었다

조금 더 참다가 보일러를 켜겠다는 냉기가
여기저기서 불어와 내 몸을 휘감는데, 우리는
노랗게 붉게 물든 낙엽에 파묻힌 발걸음과
그것을 쓸고 있는 빗자루 사이에서 길을 모른다

그사이에 갱도에 파묻혔다 살아 돌아온
221시간의 어둠과 모닥불과 지하수가 있었고
믿음을 버리면 못 사는 필사의 그리움이 있었고
아, 숨비소리 같은 만선의 새벽도 있었다

아무도 기도의 뿌리를 믿지 않는 시대지만
그래서 가시 채찍 같은 말들에 환호하고
늙은 부엉이의 날갯짓만 어지러운 저녁이지만
떨어진 이파리는 어느새 나무둥치 쪽으로 옮겨졌다

이제 차가운 새벽이 있으면 된다
명징한 고독이 찾아오면 된다

한 발자국 더 겨울 숲으로 들어가면 된다
저 산 너머에서 오고 있을
아뜩한 눈보라를 기다리면 된다

몸을 일으키는 벌레 소리에 귀가 반짝 열려
발걸음을 멈출 때가 있을 것이다

빗소리

간밤에 비가 조금 내렸다
벼랑 같은 시간에 매달려
사랑과 두려움 사이에서
시달리고 있는 중이었다
옆자리에 앉은 여인은
어머니와 같은 연배였는데
미국으로 유학 간
손주 자랑을 하고 내가
일했던 바닷가의 제철소에서
아들이 높은 자리에 있다 했다
어쩌면 나는, 어머니의
얼룩 같은 것은 아닐까
봄비가 내리면 바삐
깨 모종을 옮겨야 했는데
어머니는 이제 쇠약해졌고
목이 마른 밭은
흙먼지를 쿨럭이고 있다
그래도 구부러진 논두렁이

살아 있는 시간이다
염증이 많이 가라앉아서
곧 퇴원하실 수 있습니다
월말이 다가오니 나도
가뭄에 뒹구는 돌멩이가
되어버렸단 생각에
빚 갚을 돈으로
병원비 계산을 했다
엊그제 시골 아파트를 넘기고
결국 난민이 된 어머니도
눈물처럼 내린 빗소리를
마지막 병실에서
들었을 것이다
너무도 희미한 빗소리를
너무도 절박한 안간힘을
아직 떠나지 않은 발자국을

장갑만 벗었다 꼈다 합니다

어제까지 옆 기계에서 일하던 승철 씨

오늘 아침 보이지 않습니다

낯선 사람이 기계에 붙어서 일을 합니다

용역 파견으로 몇 년을 일해도 하루아침에 밥줄이 떨어집니다

이유나 알자! 따지지도 못하고 엉거주춤

비정규직 노동자들 하루 종일 장갑만 벗었다 꼈다 합니다

어제까지 옆 라인에서 일하던 웬후푹 씨

오늘 아침 보이지 않습니다

다른 외국인 노동자가 옆 라인에 붙어서 일을 합니다

몇 년을 일해도 하루아침에 밀려나 고향에 보낼 돈이 말라버립

니다

규정이 뭔데! 들어보지도 못하고 우왕좌왕

외국인 노동자들 하루 종일 장갑만 벗었다 꼈다 합니다

최저시급이 올랐는데

공장 생활 이제는 나아질까 싶었는데

한 달이 지나고 나니 근속수당이 지워졌습니다

한 달이 흐르고 나니 상여금이 끊어졌습니다
공장 일 십 년 전으로 돌아가 버렸습니다
한번만 더 까봐라!
한번만 더 건드려봐라!
공장마다 노동자들 하루종일 장갑만 벗었다 꼈다 합니다

꽃잎 깎는 봄날

봄이 쳐들어옵니다
공장으로 봄이 쳐들어옵니다
사람들은 아직 두꺼운 겨울을 사는데
공장으로 꽃잎이 쳐들어옵니다
쇠를 깎을 때마다 쏟아지는 쇠찌끼 위로
햇살은 투명한 꽃잎을 깎아 놓습니다
꽃잎이 나리다가 햇살이 비추다가
꽃잎이 춤바람이 났습니다

꽃잎은 봄이 깎아내는 쇠찌끼
꽃잎이 쳐들어오니 기계에서 꽃비가 내립니다
꽃비가 몰아치니 쇠찌끼가 투명한 햇살이 됩니다
햇살이 봄을 부르니
기름때 장갑 위로 두꺼운 작업복 위로
봄이 잔소리를 쏟아냅니다
오늘은 쇠를 깎다가 꽃잎을 깎다가 봄을 깎고 있습니다

달의 저편

생각해보니 처음부터 한쪽 세상만 바라보며 살았네
한번도 반대편을 보여주지 않았던 달
한번도 반대편을 용납하지 않았던 지구에 길들여져

간다 말했지만 한번도 가지 못했어
본다 말했지만 한번도 보지 못했어

새벽 이른 출근길
늦은 퇴근길 사이
달은 언제나 제자리걸음

생각해보니 처음부터 달의 저쪽은 노동자 세상
모든 노동자들이 손을 놓으니 아무도 일하지 않는 세상
비정규직 노동자도 외국인 노동자도 사라져버린

뒤집어진 세상 노동자 세상

내 고향 사람들의 말투

내 고향 사람들은 누군가에게 말을 할 때 상대방 얼굴을 똑바로
쳐다보지 않고 말한다 상대방을 향해 십 도쯤 방향을 틀고 말한다
듣는 사람도 말하는 사람을 똑바로 보지 않고 역시 십 도쯤 몸을 튼
채 듣는다

분명 말들이 오가는데 누가 듣든 말든 누가 뭐라 하든 말든이라
는 투다 듣기 좋은 말을 하거나 입바른 소리를 하거나 어깃장을 놓
을 때나 대거리를 할 때도 매일반이다 내 고향 사람들의 말은 직선
으로 날아가지 않는다

십 도쯤 방향이 틀어져 허공으로 던져진 말은 바람이나 파도 소
리에 씻기거나 별빛이나 햇빛에 물들거나 적당히 사리에 맞게 다
듬어져서 마치 하다 만 말처럼 앞뒤가 잘리기도 해서 상대방 귀에
가 닿는다

한편 누가 뭘 급하게 물어서 그 이튿날에라도 듣게 된다면 그리
늦은 셈도 아니다

장암리에서

어려서 살던 마을 이쪽 끝에서 저쪽 끝까지
송방도 물집도 사택도 이발소도 구장네도 흔적 없고 인적 없다

사월 스무날 모래 생일이면 모래찜을 하던 모래턱 솔밭 사이로
간기 밴 맥문동 연보랏빛 바람만 옛날 쪽으로 분다

남쪽 바위산 꼭대기 높다란 굴뚝 검은 그림자가
여름이 끝나면 비워야 한다는 백숙집 마당에 내린다

평상이 일곱 개, 명이나 길자고 냉면을 자르지 않고 먹는데
머리가 빠졌다 다시 난 젊은 여인이 사내와 건너편에 앉았다

열 살짜리가 아버지를 묻고 와서 상복을 입은 채 올려다보던 굴뚝
죽은 아버지 나이를 넘어 다시 올려다본다

무서운 덴지도 모르고 한글을 깨치고 소풍을 가고
서러운 덴지도 모르고 신발 속에 모래를 묻혀 나르던 동네

독한 연기는 그쳤어도 누구도 주소를 둘 수 없고

십 리 이내에 나는 열매를 먹어서도 안 된다.

* 장암리: 충남 서천군 장항읍 장암리. 1936년부터 1989년까지 운영한 장항제련소로 인해 일대가 중금속으로 오염되어 반경 4킬로미터 안에 있던 마을 전체가 소개되었다. 환경부에서 2009~2023년까지 국내 최대 규모의 토양정화사업을 하고 있다.

나라가 뒤숭숭해질 때

책은 서점에 있다는 걸 알면서도
이따금 출판사에
책 사러 오는 사람이 있다

터무니없이 책값을 깎아달라는 이도 있고
책값보다 비싼 선물을 주고 가는 이도 있고
출판사가 궁금하다며 오는 이도 있다

주로 공부하는 젊은이가 많은데
근래엔 노인이 자꾸 오셔서 의아했다
아, 어느 날은 30년 전 만났던 정보과 형사

당신은 잊었을지 모르지만 나는 기억한다
노동부와 안기부 직원을 이끌고
내가 다니던 공장에 찾아왔던 당신

은퇴 후 노년 살림이 녹록지 않으시겠지만
나는 비싼 책을 추천하고

당신은 책보다 사무실 구석구석에 눈길을 보내신다

대단한 일을 하는 것도 아니면서
힘들게 사는 인생인 줄 아는지
평생을 정보기관에서 관리해주는구나

전공이 아까운 노인 일자리 창출인가
어쨌든 이런 일이 있을 때마다
나라가 뒤숭숭해진다

기억 한 짝이 사라졌어

어제 신은 기억 한 짝이 사라졌어.

제 발바닥 각인된 곳으로 돌아가지 않았나 싶은데.

그는 어디쯤에서 오도카니 머물까.

한 기억 볼에 대고 눈을 감았지. 6백 년 된 결성향교 팽나무에게

로 가서 여태도 싱싱한 뿌릴 매만지다가, 거돈사지 느티가 거느리

는 천년의 고적을 휘돌아오는 바람의 발목 감싸쥐기도 하고, 아흔

가차운 엄니가 김매고 와 누운 안방의 틀어진 발꾸락들 가만가만

쓰다듬더라.

애는 그나마 꽁무니를 남겨서 더듬을 수라도 있지. 요즘 들어 부

쩍 달아나는 기억들은 도무지 어찌할 수가 없어. 그저 멍하니 자울

자울 기다릴 뿐. 나는 누군가, 무얼 하는가 헤매다가 슬슬 지웠어.

아니, 지워졌다고 해야 하나. 생기롭던 것들이 어느 날 불쑥 거꾸러

지더니 낡고 냄새나는 부스러기들만 어지러워.

점점 얇아지고 내보내며 날마다 몸뚱이가 졸아드는 것 같아. 나

를 잊고 너를 잃고 여기저기를 놓치고. 다만 거실에 앉아 빠져나가

는 관계를 한없이 낯설어한다고나 할까. 무섭지, 무서워. 종국에는 껍데기조차 사라지고 뿌연 안개로 흐려질 텐데.

그럼에도 어느 한순간 감전이듯 귀 열지 않을까.
삶의 고갱이에 걸린 저 수많은 뇌파들 중 젤 기쁜 말 들릴 때.
여보 사랑해 아빠 나야 같은.

마른멸치가 사나워질 때

멸치를 다듬어요.
무엇인가의 주검이 아니라 식재료로.
통째로 몸 내어주시니 그저 고맙지요.
쌉싸래한 내장과 대가리는 사절입니다.
미안하지만 내 기호가 아니에요.
매콤달콤 볶음을 떠올리자 손놀림은 가볍고요.
콧노래도 절로 흘러나옵니다.
무아지경 멸치 똥 뽑아내는데,

이런 내 일상이 불퉁스러웠을까요. 모자란 놈 하나 뉴스에 나와,
평화 위해 전쟁 준비하자고 떠듭니다. 말도 안 되는 헛소리라고 받
아들이면서도, 전쟁이란 말에 들린 내 손은 마구 사나워집니다. 멸
치 주둥이도 내 손을 물어뜯겠다는 듯 진저릴 치고요. 뽑혀 나온 가
시들은 일전 불사의 전의로 팽팽합니다. 우크라이나와 미얀마의 참
화로 눈앞은 뿌예져가고, 찰진 욕설이 방언처럼 터져 나옵니다. 저
저 메루치 똥통에 처넣어도 분이 안 풀릴 넘 같으니. 에라이, 호랭
이가 물어가다 씹어 먹을 인간아. 전쟁이라니. 전쟁이 무슨 건달 침
뱉기냐. 아무 때나 찍찍 내갈기게.

정신 차려보니 내 욕설에 버무려진 멸치가 바닥에 흥건하네요.

공포가 가라앉자 쭈뼛거리던 긴장도 녹어듭니다.

내가 뭔 짓을 하고 있는 거야,

내 손길은 다시 원위치로 돌아갑니다.

가만가만 멸치 속 떨어내면서 화해하지요.

용서해라, 멸치야. 네가 곧 내 몸이다.

정릉천

물비린내 물큰 올라오는 천변 길가에 참게 한 마리 뒤집어져 있다. 이중섭의 그림과는 달리 표정이 없는 게. 나는 발끝으로 밀어서 풀섶에 게를 숨긴다. 밟혀 문드러지는 것보다는 낫지 않을까 하고. 맞은편 고가도로 아래 술잔 나누던 노부부가 이윽히 날 건너다본다. 풍경이 잠시 아득해졌다. 눈빛 저물던 참게도 저 분들과 교감했을까. 협수룩하고 하찮은 냇가지만 폐막의 엔딩 컷으로는 딱인데.

생각에 홀리는 사이, 할아버진 술병 베고 오수에 빠지고 할머닌 여린 잎을 다듬는다. 내 고향 임실에서는 독초라고 피하는 비름나물. 할아버진 벌써 나물에 한잔 더 기울이시는지 잠결에도 입맛을 다신다. 어쩌다가 참게는 여기까지 흘러와 제 육신을 벗었을까. 일몰의 천변이 그를 꼬드겼을까. 고개 갸웃거리는 내 물그림자를, 왜가리는 날아와 경중경중 연신 쪼아대고.

공양

산속 귀틀집 단칸방 벽 아래,
파란 수건 덮인 베개 머리맡에 낡은 책 몇 권
도올의 중국 일기, 미래의 기억
도서출판 도반, 괴로움에서 벗어나는 길
파옥 또이 사야도 법문, 사마타 그리고 위빠사나
재미동포 아줌마 압록강 철교를 넘다,
우리가 아는 북한은 없다
……

간첩 조작 사건에 연루되어 도망쳐 왔다
마지막 화전마을 마장터,
돌무더기 쌓아 통나무 올리고
나무 아래 제단 지었다
상 놓고 물 한 잔 바쳤다 향 피우고 촛불 켰다
건빵과 새우깡과 초코파이 여름날엔 길손이 주고 간
캔커피와 달달한 음료수도 놔 드렸다
밤새 마른 이파리 울어대던 겨울 아침
두 손 비벼 상 위에 핫팩 올리고

흰 사발에 김 폴폴 나는 고봉밥 꾹꾹 눌러 담았다
밤낮 달려온 눈보라처럼 떠는 넋들
잠시 언 몸 녹이고
머나먼 길 다시 떠났을 게다
비바람에 업혀 떠도는 넋들 허기 채우고
잠시 목 축이다 갔을 게다

50년 가까이 숨어 산 노인
퍼석한 몸 한 채가 통째로
서낭당이었다

쪽파 같은 오늘이 운다

밥맛이 뚝 떨어져 입이 닫힐 때 뜬다
밥이 하눌님이란 말
하눌님이 하눌님을 먹는다는 말*

멍석말이 당하고 뒷구석에 처박히다, 처마 끝에 대롱대롱 매달
릴 때 뜬다 권력도 양심도 염치조차 빼앗긴 우리가 두들겨 맞다 서
로 으르렁대며 적의와 반감과 증오로 일그러질 때마저 뜬다 으깨
지고 짓이겨진 풀의 비애

그 가녀린 풀 위에 뜬다
납작 엎드려야 겨우 보일까 말까 한 꽃마리야
작은 봄맞이꽃 같은 희망아 네가 하눌님이다

높은 데 있는 것들이 짖어대듯 호통칠 때 그 숭악스런 상판대기
쳐다보기도 싫을 때도 뜬다 말들이 말 같지 않을 때 뜬다 사람이 하
눌님이다는 말, 얼굴이 화끈거리고 입이 꼭 다물어질 때 뜬다

별 볼 일 없는 순간에 뜬다

가망 없다 싶을 때 뜬다
목 잘린 하눌님이 뜬다 천 개의 달이 뜬다

겨우내 얼어 죽지도 않고 시퍼렇게 솟아나는 쪽파 옆에 마늘 대
올라오고 틈새마다 돌나물 돋아나는 봄날에 온다 할 일 없는 사람
처럼 주저앉아 몇 시간째 쪽파를 깔 때 온다 맨발로 온다 휘어진 발
가락으로 온다 죄인으로 온다 옹이 진 손가락으로 온다

문득 손 놓고 매운 눈 들어 올려다보는 능선에 휘어진 조선 소나
무야 어둔 땅으로 숨어들어 간 재 묻은 감자야 땅콩아 네가 하눌님
이다 어제의 적들은 오늘도 적이고 오늘의 적들은 내일도 적일 것
만 같고 세세만년 떵떵거릴 것만 같은

천지신명 많고 많은 하눌님들아
맵찬 쪽파야
피 묻은 무명 저고리 같은 한국사가 운다
까여도 까여도 쪽파 같은 오늘이 운다

* '처교죄인동학괴수'가 되어 참수당한 동학 2대 교주 해월(海月) 최시형은 이천식천(以天食天), 즉 하늘이 하늘을 먹는다 했다. 평생 보따리를 메고 전국을 돌아다녀서 '최보따리'라는 별명으로 불렸다.

가창(歌唱) 오리
—새만금 허정균 형께

바이칼호수 푸른 눈가에서 태어났다죠 태극 무늬 두르고

먼 하늘 날아왔다죠 시베리아 몽고 지나 1만 리 길

날갯짓 소리 들으며 서로의 울음소리 들으며

날면서 합류하고 날수록 무리가 커졌고요

작아서 모였겠죠 추울수록 날았겠죠

떼 지어 춤추고

떼로 울면서

가창오리는 야간조

노을빛 이고 밥 벌러 갑니다

어두워야 날아요 배고파서 올라요

원이 춤추네요 공이 날아가고 물폭탄이 쏟아집니다

날개 파닥이는 자리마다 탱크 소리, 서로 상하지 않네요

부딪히지 않네요 춤꾼이자 소리꾼 가창오리는 노래가 춤이고

울음이 노래네요

어두울 무렵 기지개를 켭니다 외따로들 앉아 있던

가창오리들이 물 박차고 치솟네요 동시에 날아오르네요

곤두박질치고 흩어졌다 다시 대열을 이룹니다

시시각각 하늘에 새겨지는 검붉은 띠

펼쳤다 접고 갔다 돌아오네요

산이 울렁거립니다

강이 흔들려요

기나긴 밤샘 작업이 끝나고

먼동이 트면 다시 솟구칠 것입니다

낱낱이 엎드려 낟알 주워 먹던 풀숲 사이

밤새 웅크렸던 날갯죽지 털며 한꺼번에 비상할 한바탕

살풀이춤, 저마다 하늘에 점 하나 찍겠지요 아침노을 물고

밥그릇에 수저 부딪치는 창가(唱歌)가 허공을 두드려댈 거예요

최
종
천

연애의 불가능성에 대하여

우리의 말과 글은 기표적이다.

老는 기의로 한정되어 있다.

No는 어떤가? 노

다음에 올 말은 아마도 '처녀'가 가장 강할 것 같다.

노처녀,는 노 처녀와 비슷하기도 하고

아니기도 하고, 이를테면 언어란,

다른 영역으로 옮겨간다고 해서 의미가 생성되지 않는지라

그러니까 기표의 연쇄라고나 할 노노처녀. 노 노처녀. 노노

처녀.

모든 과일은 너무 익으면 맛이 가버린다.

과일을 따먹는 것이 원칙이겠으나

난 과일을 사 먹는다 누군가 따서 나에게

먹여주는 것이다. 과일이 아니라고 처녀가 스스로를

위안하는 무모함 씁쓸함

기표와 기의, 모든 사건은 의미이다.

예컨대 난 너를 사랑해라고 내가 말하면

나보다 가난한 여자에게는 기표와 기의는 같다.

나보다 돈 많은 미녀라면 기표와 기의는 같을 수가 없다.

말 떨어지는 순간 나는 얻어터질 것이다.

이 사건의 의미는 이렇다.

나는 그녀에게 난 너를 증오해라고 말한 것이다.

나는 노동계급이다. 노동자! 얼마나 무서운 직업인가

나는 결코 (   )하지 않을 것이다.

괄호 안에 들어갈 말은? 그런데 정말이지

이가 빠진 말은 위험하다. 데리다이던가?

기표들의 연쇄가 의미를 데리고 온다고 한 사람이

나는 결코 (   )하지 않을 것이다의 괄호는

의미를 강요한다. (   )는 서울특별시보다 더 크다.

오늘 서울시청 앞에서 노동자들이 궐기한다.

임금이 전폭 인상되면 나의 기표와 기의는

동일하게 될까! 나는 오늘도 그녀를 만날 것이다.

그녀를 나를 미끄러뜨린다. 그녀는 나의 기표이다.

나는 기표에서 미끄러지는 기의이다.

식물의 광합성

성경은 다음과 같이 분명하게 지구 생태계를 유지하고 있는 식물의 광합성에 대하여 기록하고 있습니다.

창세기 1장

11. 하나님이 이르시되 땅은 풀과 씨 맺는 채소와 각기 종류대로 씨 가진 열매 맺는 나무를 내라 하시니 그대로 되어

12. 땅이 풀과 각기 종류대로 씨 맺는 채소와 각기 종류대로 씨 가진 열매 맺는 나무를 내니 하나님이 보시기에 좋았더라

13. 저녁이 되고 아침이 되니 이는 셋째 날이니라

15. 또 광명체들이 하늘의 궁창에 있어 땅을 비추라 하시니 그대로 되니라

16. 하나님이 두 큰 광명체를 만드사 큰 광명체로 낮을 주관하게 하시고 작은 광명체로 밤을 주관하게 하시며 또 별들을 만드시고

17. 하나님이 그것들을 하늘의 궁창에 두어 땅을 비추게 하시며

19. 저녁이 되고 아침이 되니 이는 넷째 날이니라

셋째 날에 식물이 창조되었으니, 넷째 날에는 광명체, 태양이 창

조되어 식물을 자라게 해야 하는 것이다. 식물의 광합성이다.

　3. 하나님이 이르시되 빛이 있으라 하시니 빛이 있었고

　앞의 빛은 언어/사물이지만, 뒤의 빛은 식물의 광합성을 하고 에너지를 지구에 공급하는, 모든 존재가 경험할 수 있는 실재 사실의 빛이다. 식물은 최초의 에너지 공급자이다. 이로부터 인간은 모든 사실들을 경험할 수 있게 되었다.
　우리는 다음과 같이 말해야 하는 것이다.

　1.1 세계는 사실들의 총체이지, 사물들의 총체가 아니다.*

* 비트겐슈타인 『논리철학 논고』 중.

행복과 불행

논리철학논고 : 6.43

선(善)하거나 악(惡)한 의지가 세계를 바꾼다면, 그것은 단지 세계
의 한계들을

바꿀 수 있을 뿐이지, 사실들을 바꿀 수는 없다. 즉 언어에 의해
서 표현될 수 있는

것을 바꿀 수는 없다. 간단히 말해서, 선악의 의지를 통하여 세계
는 전혀 다른

세계로 되지 않으면 안 된다. 말하자면 세계는 전체로서 감소하
거나 증가해야 한다.

행복한 자의 세계는 불행한 자의 세계와는 다른 세계이다.

나는 처음에 우리의 악한 의지에 의하여 세계는 감소하고, 선한
의지에 의하여

세계는 증가한다는 것으로 읽었다. 그러나 코로나를 겪는 동안
생각해보니 그 반대

이다. 우리의 선한 의지에 의하여 세계는 감소하고, 악한 의지에
의하여 세계는 증가한다는

의미이다. 인간은 지구의 80%를 장악하고 있고 그로부터 코로

나가 인간의 개체 수를

　줄이고 있는 것이다. 그러니까 인간은 지구를 노아의 방주로 만
들어야 하는 것이다.

　방주에 모두를 실을 수는 없다. 코로나는 그 시작에 불과하다.

　인간은 재앙을 통하여 세계의 한계들을 바꿀 수 있을 것이다.

　논리철학논고.

　6.373. 세계는 나의 의지(意志)로부터 독립적이다.

　5.633 세계 속 어디에서 형이상학적 주체가 발견될 수 있는가?

　5.632 주체는 세계에 속하지 않는다. 그것은 오히려 세계의 한계
이다.

내부 수리

치킨집이 문을 닫았다 열었다 다시 닫았다
표정 없던 여자가 손님이 오든 가든
인사도 없고 친절은 담쌓은 표정이고
튀김 솥을 안고 얼굴은 언제나 붉게 달아 있었고
늘 어디 꼴린 우거지 남자는 밖으로만 돌더니
안에 있을 땐 사채업자처럼 여자를 다그치고
여자는 목줄이 타도록 혼자 널뛰다 또 문을 닫았다

'금일 휴업' 팻말이 며칠씩 계속 달려 있더니
'내부 수리' 알림판이 달포가량 붙어 있더니
추위가 채 가시지 않은 어느 날 바람도 얼음바람인데
문은 환히 열어젖혀져 있었다
음악도 틀어져 있었고 여자가 인사도 밝게 했다
아무리 둘러봐도 내부 수리 흔적은
없었고 딱 하나 바뀐 것이 있었다

배달을 마치고 돌아온 남자는 못 보던 남자였다
공사에 들어간 비용 때문에 둘은 열심히 뛰었다

사실 내부 수리가 급한 건 나였다 곰팡이도 피고
내부가 낡고 지저분했지만 어디서 손을 써야 할지
도무지 어디까지가 내부인지
내부가 저 바깥에 있거나 저 미래에 있기도 해서

내 생각이 문제일까 정말 내부 수리가 필요한 건가
나올 것도 없는데 나는 왜 자꾸 나를 다그쳐
토목공사를 해야 하는 것일까
치킨이 나오는 동안 나는 명상에 들어갔다
내부 수리가 꼭 공사일 필요는 없지 않겠는가

이제 좀 친절할 수는 없겠는가
내게 오는 사소한 것들에게 조금 더 친절해질 수는 없겠는가
내가 나에게 좀 다정할 수는 없겠는가

자학에 투표하다

'바꾸자 개혁하자'를 외치던 사람들이
바꾸라고 준 권력을 잡은 동안 내내
'지키자 수호하자'를 외치다 지키지도
수호하지도 못하고 권력을 잃고 다시 거리로 나가
'바꾸자 개혁하자'를 외친다

지키고 수호하는 건 보수들의 구호인 줄 알지만
꼭 그런 건 아니다
권력을 잡으면 지키고 수호하는 것이 자동적으로
바꾸고 개혁하는 것이 된다는 사실을 깨닫는다
더 바꾸고 더 개혁하면 나라가 위태로워지기 때문에
자신이 위태로우면 민주주의도 위태롭고
자신이 권력을 잃으면 나라도 위태로워지기 때문에

정말 '지키자 수호하자'가 보수들의 구호만은 아니다
수십 년 민주주의를 위해 싸워왔는데 지킬 것이 왜 없겠느냐
싸워서 얻은 것 가운데 수호할 게 왜
없겠느냐만 지키지 않아도 좋을 것만

골라서 지키고 수호하느라 역사를 털어먹었다

자신을 지키는 것이 민주주의를 지키는 것이기 때문에
자신을 잃으면 역사를 잃는 것이기 때문에
내가 민주주의니까 내가 정의 공정이니까 여기서 멈추자

최악에 대응하기 위해서는 그럴 수밖에
국민 수준이 만든 거니까 그럴 수밖에
세상의 모든 최악은 언제나 자신을 차악이라고 부르지
최악은 저기 저 어딘가에 반드시 영원히 존재하니까
없으면 발명하면 되니까

그래서 사람들은 몰락에 투표하기 시작했다
승리가 아니라 가학에 투표하기로 했다
패배를 안겨주기 위해 투표하기로 했다
그래서 계속 건국에 투표하기로 했다
외적을 만들어 외적을 몰아내는 투표를 하기로 했다
자학에 투표하기로 했다

대치 중인 자들

길을 잡고 당신은 묻는다
지하도 입구에서 신발도 없이
묻는다는 것이 입에서 불쑥 나온 건
이천 원만⋯⋯

실은 길을 물어보고 싶었을지도 모른다
막상 내 행색을 보는 순간 묻고 싶은 생각이
순식간에 사라졌을지도 모른다
아래위를 훑으며 눈을 굴리며

길을 잃은 사람에겐 정작 길이 필요 없지
희망도 기약도 없이 허무를 마주하고
오직 견디는 힘이 필요할 뿐
포기를 모르는 자들은 자기 집구석에서도 노숙 중이지

체념 없이 여전히 대치 중인 자들
대치할 체력도 시간도 많지 않으면서
나머지를 탕진하면서 대치 중인 자들

비겁해도 우회와 타협은 수치스러워
길을 지워버리고 내일을 지워버리고
비겁한 건 사실이지

길이라고 생각했던 것이 어느 날 길이 아니었어
벽과 대치 중이었더라고
포기한 자만이 길을 찾지 포기할 것도 없는 자들에게
길 따윈 필요 없어
시간은 무풍지대처럼 멈추고 그리고 허물어지지
그러나 허물어지는 건 벽이 아니라 시간
단단한 시간의 껍질을 벗지
돌과 물과 바람을 만나지
이것만이 순전히 자기 자신
고치처럼 껍질을 벗지

리얼리즘은 언제나 민주주의다

해설

최진석 문학평론가

1. 데모스, 불명의 민주주의

　너무나 일상적이기에 그 존재감을 제대로 새기지 못하는 말들이
있다. 필시 '민주주의'도 그 가운데 하나일 게다. 물론, 민주주의라
는 단어 자체가 어려운 것은 아니다. 한자어를 그대로 풀어보면 '백
성[民]이 주인[主]이 되는 주의주장[主義]'이라는 의미이며, 여기에는
그 어떤 신비스런 함축도 깃들어 있지 않다. 서구어 역시 이와 마찬
가지이다. 저 오랜 그리스의 전통을 빌려 말하자면, 민주주의란 데
모스(demos)의 통치(kratia)를 뜻한다. 흔히 데모스는 백성이나 인민,
민중 등의 단어와 동격으로 여겨지니, 현대식으로 풀어보자면 '민
중이 (스스로를) 다스리는 주의주장'이라 새겨도 무리는 아닐 성싶다.
　하지만 '민' 또는 '데모스'를 조금 더 파고들어 보면, 이야기는 살
짝 방향을 틀어 통념을 훌쩍 넘어서버린다. 예컨대 한자어의 기원
인 갑골문에서 '민'은 '포로로 잡혀 온 노예'를 의미했다. 통치의 주
체가 아니라 객체이며, 지배자에 의해 폭력과 착취를 당하는 대상
을 가리키는 말이었다. 사정은 '데모스'에서도 다르지 않다. 서양철
학의 아버지로 떠받들어지는 플라톤에게 데모스는 '길들여지지 않

은 사나운 짐승'을 뜻하는 단어였다. 스스로를 통치하기는커녕 철두철미하게 지배받아 마땅한 존재가 데모스라는 것이다. 민주주의의 원천에 관련된 부분이니 그 세부를 더 짚어보도록 하자.

대개 '철인통치'와 연관되는 플라톤의 정치이념은 평민들에 대한 엘리트의 통치에 있다. 그에 따르면 정치 또는 통치는 누구에게나 허락된 것이 아니라, 철저하게 교육받고 훈육된 특수 계급에게 독점된 행위에 가까웠다. 엘리트와 정반대로, 교육받지 못하고 훈육되지 않은 데모스에게는 정치의 중심이 되는 원리 곧 아르케(archē)가 없다. 제멋대로 방임된 자유의 욕망만이 난무할 따름이다. 그러니 민주주의, 데모스의 통치는 이상적인 체제가 아니라 원리 없는 혼돈, 혹은 무질서 자체에 비견된다.

플라톤의 두려움은 데모스에게 정치의 자유를 줄 경우, 세상이 혼란에 빠지리라는 우려에서 기인했다. 데모스는 지배자 인간과 동류라기보다, 비인간 또는 동물과 등치되는 존재였다. "자유는 개인의 집에도 스며들어, 마침내 짐승들에게까지 아르케 없는 상태가 자리잡고 말 것이다"(『국가』, 562e). 현대 민주주의의 기원적 장면에서 저 위대한 '철학의 아버지'는 데모스를 불신할 뿐만 아니라 혐오하기까지 했다.

엘리트 통치를 깊이 신봉하던 플라톤에게 '인간'은 지배층에만 해당되는 단어였다. 그에게 데모스는 이미 비인간, 동물과 다르지 않았다. 『국가』 제6권에서 그는 정치가들과 철학자들에 의해 조종되는 민중을 '큰 짐승'이라 부르며 경멸감을 감추지 않는다. 데모스는 사실상 '괴물'과 진배없는데, 그 특징은 자유 혹은 무질서로서 그 어떤 정형(定形)이나 질서의 틀에도 들어맞지 않는 존재라는 데 있다. 원리가 없다는 것[an/archē], 오늘날 '아나키'라 부르는 운동의 어원이 여기 있다. 그것은 지배와 복종의 규정된 체계를 벗어난 모든 사태에 대한 명칭이다.

그런데 본래적으로 지배와 복종, 주체와 객체의 어느 한 편에만 속한 존재가 있을까? 기실 모든 존재하는 것들은 시간의 흐름 속에 자리를 바꾸며, 지속적으로 다른 자리를 향한 변이의 과정을 밟지 않는가? 타고난 지배자가 없듯 타고난 피지배자도 없다. 자신이 누구인지 말할 권리, 지금-여기에 존재하고 있음의 증언만이 문제이다. 무질서는 질서의 부재가 아니라 또 다른 질서가 피어나기 위한 근거이며, 원리 없음 역시 새로운 원리의 성립을 위한 토양일 따름이다. 그렇다면 괴물은 인간에 대립적이고 적대적인 무엇이 아니라 아직 말할 입을 갖지 못하고, 증언의 기회를 갖지 못한 존재라는 언명도 성립한다. 데모스라는 괴물은 말없이 존재함으로써 스스로를 증언하는 민중에 다름 아니다.

민주주의의 실감은 특정한 정치적 원칙이나 법, 제도로부터 나오지 않는다. 그것은 '나'와는 다른 인간, 아나키라 불러도 좋은 타자들과의 공존으로부터 발생하는 감각이다. 나아가 '나'의 자리에 기꺼이 괴물을, 말없이 존재해온 누군가를 불러 곁에 앉히는 일이다. 그것은 근대민주주의가 끌어낸 계약적 상호 관계가 아니라, 엄연히 곁에 존재함으로써 그 존재의 의미와 가치를 증언하는 사건이라 할 만하다. 하지만 데모스의 자기 통치, 민주주의의 본래면목은 여전히 불명(不明)에 싸여 있다. 누가 그에 대해 말할 것인가? 증언의 목소리는 어디서 나올 것인가?

2. 리얼리스트, 진실의 시인들

역사의 첫 단추부터 잘못 끼워진 것은 비단 정치의 영역만은 아니다. 대개 '시인추방론'이라 명명되는 플라톤의 예술관도 엇비슷한 사정을 겪는다. 그에 따르면 이상적인 국가는 세 계급으로 구성된다. 첫 번째는 철인(哲人)으로서 이성적 사유를 통해 통치의 원리를 명확히 알고, 이를 통해 피지배자들에게 명령을 내리는 자이다. 정치적 엘리트가 그에 해당된다. 두 번째는 수호자들이라 불리는 자들로서 전사·귀족계급을 가리킨다. 자유민이란 그들을 지시하는바, 국가의 보존과 유지를 과업으로 떠안은 자들이다. 세 번째는 생산자들로서, 평민과 노예가 폭넓게 포함된다. 노동을 통해 공동체의 의식주 및 기타의 생산적 활동 전반을 부담하는 이들이다. 그럼 이런 국가조직에서 예술의 기능과 위상은 어떤 것인가? 왜 플라톤은 이상적 국가에서 시인 즉 예술가를 쫓아내야 한다고 주장했을까?

단도직입으로 말해, 플라톤이 꿈꾼 국가에서 예술은 자유로운 발상과 창의적 행위를 통해 새로운 가치를 만드는 활동이 아니었다.

오히려 예술은 각각의 계급이 타고난 직분으로부터 한 치도 벗어나지 않도록 규정짓는 활동이고, 특히 수호자 집단이 내부와 외부의 적에 맞서 단호히 전투에 임할 수 있게 응원하는 활동을 가리킨다. 근대 국가의 애국가나 군가가 그러하듯, 플라톤의 국가에서도 예술은 전사들의 사기를 진작하여 목숨을 걸고 적과 싸울 수 있게 만드는 노래와 연극, 시적 언어들로 구성되어야 했다. 당연하게도, 이처럼 뚜렷한 목적의식을 위해 지어지는 시가는 유약한 감정이나 비탄, 적과 아군에 대한 불분명한 태도, 전쟁의 목적과는 무관한 서정 따위를 읊어서는 안 된다.

하지만 보라! 지금도 그렇지만 그때에도 예술 곧 시란 언제나 확고한 목적의식을 벗어나는 분방한 노래이기 십상이고, 대의명분에 목숨을 바치라는 명령이기보다 작고 버려진 것, 보잘 것 없지만 가치 있는 실존들을 향한 눈길이자 목소리로 존재해왔다. 나-우리를 위해 모든 것을 파괴하고 취해도 좋다는 의기양양함이 아니라 존재하는 모든 것들과 함께-살고, 함께-하기 위한 나직한 읊조림, 사라지고 소멸하는 것들을 위한 절규에 시의 예술적 소명이 있다. 요컨대 데모스의 사건들에 예술로서의 시가 존립하는 것이다. 그러니 어찌 시인들이 플라톤의 증오를 피할 수 있었으랴.

신성을 빙자한 억압적 계급주의, 국가와 민족이라는 '큰 것'을 위해 다른 모든 것을 희생시켜도 좋다는 폭력적 전체주의에서는 데모스의 통치, 민주주의가 싹틀 수 없다. 그렇다면 역으로, 데모스의 민주주의가 생성하기 위해서는 예술이, 시가 자라나야 한다는 논리가 성립하지 않을까? 전체를 위해 소수가 침묵하고, 계급적 질서의 안녕을 지키려 다른 생각과 다른 말들이 봉쇄될 때, 누가 말할 수 있는가? 어떤 형식을 통해 무엇이 표현되어야 할까? 시의 언어로 발화되어야 하는 것은 무엇인가? 지배의 척도 바깥으로 어떤 목소리가 울려야 될까? 데모스의 음성이, 인간의 척도 밖으로 밀려났던 존재들의 소음이 아닐까? 인류의 일부, 인간이라 인정된 누군가에게만 허락되었던 민주주의의 더 넓은 함성을 담아낼 그릇은 무엇인가? 플라톤이 추방했던 시인들, 그들의 시가 그것 아닐까!

여기 '리얼리스트'를 자처하는 일군의 시인들이 있다. '리얼하다'는 것은 무엇인가? 단순히 '팩트(fact)'에 그 의미를 정박시킨다면, 우리가 볼 수 있는 것은 통치자들이 만들어놓은 시선의 규범들, 가령 지배자와 피지배자를 위계적으로 나누어 놓은 체계일 것이다. 통치의 일방향적 질서만이 '리얼'을 독점할 것이다. 하지만 진실(truth)의 프리즘을 통해 본다면, 피지배의 실존 또한 리얼하지 않을 리 없다. 역사의 주류, 척도의 바깥에도 삶의 도저한 흐름이 있으며, 데모스의 총체로서 삶은 언제나 평등하기 때문이다.

그렇기에 시인들의 노래는 무질서해 보이는 만큼이나 자유롭고, 큰 것을 갈구하지 않으면서도 소중한 것을 놓치지 않으며, 지배적인 인간상 너머의 모든 것에 가치를 부여한다. 리얼리스트는 화석화된 사실에 매달리는 자가 아니라 진실의 조각들을 발견하고 또 발명해 내는 자의 이름이다. 그들을 민주주의자라 부르지 않을 이유 역시 없을 것이다.

3. 세계의 비참, '살아냄'의 이야기

그럼, 우리의 현실은 과연 얼마나 리얼한가? 눈에 보이는 대로, 귀에 들리는 대로의 모든 것이 현실이라면, 우리는 다만 '세계의 비참'만을 목도할 수밖에 없다. 그 강도를 따진다면, 현재 우리가 발딛고 선 현실만큼 처참한 것도 없을 테니까. 2022년 가을, 전 세계적 팬데믹이 사그라들 무렵 축제의 현장에 나선 사람들 중 159명이 어이없게 목숨을 잃었다. 무방비로 노출된 도시, 예고된 인재의 상황 앞에 어느 누구도 책임지지 않았고, 망자들은 얼굴과 이름이 기억될 권리조차 박탈당한 채 망각 속으로 던져졌다. 죽음에 대한 추모는 비난과 조롱의 대상이 되고, 비극은 '사고처리'라는 행정적 명령을 통해 쉽게 봉인되었다. '비현실적인 현실감'만이 요사이 우리를 둘러싼 현실의 모습이다. 이것을 '진짜'라고, '진정한 현실'이라고, '리얼'하다고 부를 수 있을까?

어머니, 여기가 어디입니까

여기가 어디이기에 자고 나면 죽음이고

자고 나면 울음입니까 자고 나면 절규고

자고 나면 비통입니까

여기가 어디이기에 축제가 비극이고

비극이 일상이 된 것입니까

─황규관, 「어머니의 나라」 부분

147

"죽음"과 "울음", "비통"과 "비극", 여기에 "일상"을 덧붙이면 우리 시대의 지배적 정조가 만들어진다 해도 과하지 않다. 압도적인 부정성이 장악한 시대, 하지만 군사적 철권이 통치하던 지난 시절과는 그 결이 다르다. "군홧발"이 아니라 "법복"에 의해 몰아친 재난인 까닭이다. 불과 삼십여 년 전, 우리는 법의 지배를 원한다고, 질서 있는 삶을 달라고 외쳤지만, 마침내 도래한 질서는 법의 폭력을 통해 군림하려 든다. 법과 질서 너머의 무엇, "어머니"로 표징되는 어떤 것이야말로 '리얼'이라는 이름으로 호명되고 욕망의 대상으로 제기되는 형국이다. 따라서 리얼한 것에 대한 추구는 가시적인 현실 이상을 바라보는 운동이며, 정치적인 이상(理想)마저 함축할 수밖에 없다. 리얼리즘, 어느 사상가의 말대로 그것은 현존의 상태에 반대하는 모든 전복적 운동을 가리키는 표식 아닐까? 그러니 입을 열고 말하라, 시인이여!

사랑한다는 것은
살아낸다는 뜻이다

모든 게 엉망이었을 때

—최지인, 「낮과 밤」 부분

이 시구는 역순으로 읽어도 좋겠다. 같은 어원에서 출발해도 '살다'와 '살아내다'는 전혀 다른 단어이다. 전자가 단순히 살아 있다는 사실을 말한다면, 후자는 버티고 인내하는 삶, 삶이 삶으로서 주어지지 않았을지라도 끝까지 살아가는 의지와 행위를 함축한다. 사회 속의 삶, 공동체에서의 함께-삶이라는 뜻이 그것이다. 아감벤의 표현을 빌리자면, 전자는 조에(zoe), 후자는 비오스(bios)라 할 만하다. 설령 비참과 재난이, "엉망"이 우리를 지배한다 해도, 여기서 수행되어야 할 것은 "살아낸다"는 행위이며, 그것은 "사랑한다"는 의미를 품는다. 그렇게 살아냄 자체가 사랑하는 것이며, "이야기하는 낮과 밤의 대지"(같은 시)를 창안해내는 활동이기도 하다.

말한다는 것은 이야기하는 것, 삶의 이야기를 사랑으로써 옮기는 과정이다. "단물"을 "우려내고 우려내는 일"을 통해, "잊고 기억하고 잊고 기억하는 안간힘"을 다해, 이야기를 풀어낼 때, 그것은 "사랑과 이념의 안간힘으로 죽음으로/ 공포와 탄압을 밀어내기 시작"할 것이다(허유미, 「엄밧동산 서녘밭」). 그러니 시인의 과제란, 그 '살아냄'의 리얼리즘을 담아내는 데 있을 터. 기쁨과 슬픔, 분노와 좌절, 비탄과 안식, 관조와 각성의 모든 순간들을 문자로 담아내어 발화하게 하는 것이다.

취준생은 내일이 없고
해고된 노동자는 오늘이 없고
조용히 죽어 나가는 노동자는 어제로 잊힌다

K문화가 디스코팡팡에 올라 춤춘다

K-POP K-드라마 K-영화 K-미용 K-음식

나는 K-국민인가

—김사이, 「기준」 부분

　　공동체의 주변부로 밀려난 사람들에게 시간은 존재하지 않는다. '살다'라는 기본형 동사로는 충족되지 않는 삶-바깥의 실존들에게 상징적 기표로 넘쳐나는 현실은 허구에 불과하다. 온갖 'K-'로 난무하는 일상 전체는 어느 틈엔가 자신마저 'K-국민'의 일원이기를 강제하지만, 그것이 자기 삶과 얼마나 연관되는지는 알 수 없다. "끊임없이" 올려진 "아파트" 사이에 '나의 집'은 없고, "폭력에서 성폭력으로" "아이들이 여자들이 힘없는 사람들이" 내몰리는 상황은 끔찍하기만 한 지옥도의 풍경이다. 이 모든 비참의 정면에 "낯빛 하나 변하지 않는 국가"가 버티고 있을 따름이다. 그 어떤 구조도 기다릴 길 없는 자리엔 그저 "산 채로 죽어가는 사람"과 "죽은 채로 살아갈 사람"의 두 부류가 "무너진 시간 속에 멈추어 있다"(박승민, 「두 손」).

4. 지금-여기, '곁'의 존재론

　　멈추어진 시간, 그것은 온전한 견뎌냄의 시간이자 살아냄의 시간이다. 하지만 이 무시간, 시간-없음의 차원으로 의미의 비밀이 흐르기 시작한다. 여기에는 살아가는 사람들의 경험이 있고, 육화된 체험이 있다. "경품에 당첨된 것처럼 놀라운 확률로/ 빵을 먹다가 손가락이 나왔"다는 이야기는 그 자체로 하나의 가능한 현실이다(조온윤, 「비밀의 제빵공장」). 핵심은 다만 비참함을 전시하거나 불행을 토로하는 데 있지 않다는 것. 몸체 없이 빠져나온 손가락을 물끄러미 바라보며, 생각에 잠기는 것. 무엇을? 지금-여기의 이 사태를 배태한 원인과 이유를 캐묻고 골몰해 보는 것. 그럴 때 문득 저 "손가락"은 우연이 아니라 필연의 연쇄를 일으켜 나의 현재, 지금-여기로 되돌아와 질문할 것이다. 그리고 가리킬 것이다. "수많은 손끝이 나를 가리키는 기분이 들 때가 있어".

> 그럴 때면 나는 정지 버튼이 눌린 절삭기처럼
>
> 빵을 씹는 일을 그만두고 생각하게 돼
>
> ─조온윤, 「비밀의 제빵공장」 부분

사유하는 프롤레타리아. 그의 이름은 다름 아닌 '민중'이다. '민'이자 '데모스'이다. 막연한 '살기'라는 현사실로부터 '살아감'의 실재적 차원으로 이동하는 그는 이 인식론적 절단의 순간을 기점으로 과거와 미래를 나누고 현재를 직시하게 된다. 이는 각성인 동시에 변신이고, '나'로부터 '우리'로 이행하는 공-동적(共-動的) 운동의 출발점이다. 비참으로 점철되던 무시간의 세계는 이로부터 시간의 흐름 위에 얹어지고, 과거와 현재, 미래가 서로를 단단히 껴안은 채

전망 가능한 시간성의 세계로 이동하게 된다. "과거를 잊고 미래로 나아갈 수 있겠소?"(고영서, 「바오 닌」).

이 같은 진전이 선형적 시간의 관념에 포박될 리 없다. 차라리 그것은 '진보'라는 척도로 '큰 것'과 '작은 것', '중요한 것'과 '사소한 것'을 나누며 후자를 배제해왔던 이전 운동으로부터의 탈피에 가깝다. 따라서 그것은 이제 척도 바깥의 모든 잔여적인 것들, 작고 사소하고 배제되었던 모든 것들을 포괄하는 낯선 운동으로 가동한다. 그 운동의 파장은 이 사회가 여전히 외면하고 있는 소수자들, 여성과 장애인, 이민자, 외국인 노동자들에게 퍼지며 공명을 일으킬 것이다.

한마디로, 시인의 말은 타자들의 세계, 나-우리-주체로 호명받지 못했던 이들의 존재지평을 향해 던져진다. 이해되지 않았기에 들리지 않았고, 들리지 않았기에 또한 보이지도 않았던 잉여의 존재들이 지금-여기 엄존한다. "베트남 사람 쩐 안 동(Trần Anh Đồg)/ 한국 이름은 천안동입니다." 비가시의 그늘에 잠겨 있던 그들 또한 "한국 사람들처럼/ 허름한 빌라에 사는 이웃들에게/ 백설기를 돌리고 싶었"던 '우리'의 하나이다(김선향, 「피에타」). 폭풍 속에 가라앉는 "문어잡이 배 기관장 김 씨가 보름째 떠오르지 않"을 때에도, "베트남에서 온 뚜언도 캄보디아에서 온 썸낭도 하얀 손바닥" 모아 함께 기도했다(권선희, 「마지막 인사」). '우리'가 자본의 폭력에 맞서 싸우려 할 때도, 기꺼이 주먹을 모아 함께 일어나고자, "하루 종일 장갑만 벗었다 꼈다" 했던 이들 역시 "외국인 노동자들"이었다(이철산,

「장갑만 벗었다 꼈다 합니다」). 국가란 무엇인가? 대지에 그어진 임의의 경계선일 뿐, 여기 사나 저기 사나, 이쪽에서 일하나 저쪽에서 일하나, '노동' 앞에서는 모두가 '우리'니까. "연대하라/ 단결하라/ 아니면 당신을 먹이로 보는 이들에게/ 약탈당하고/ 지배당할 것이다"(최지인, 「낮과 밤」).

이것은 응답이다. 하필 다른 어디도 아닌 '나'의 곁에 와서 머무는 존재에 대한 나의 온 존재의 응답이다. 우연이지만 필연으로서 나는 그를 맞이한다. "우리 집에 내리면 제 손님입니다". 삶의 적막 속에서 "고요"는 침묵의 소리를 들려준다. 들리지 않던 것을 들리게 만드는 주술이 저 존재의 고요 속에 놓여 있다. "고요는 귀한 소리를 듣게 합니다/ 우린 언제쯤 고요해질까요"(이상 김용만, 「우리는 언제쯤 고요해질까요」).

이 같은 고요의 지평에 선험적인 나의 자리가 있을 턱이 없다. 나는 여기도 있고 저기도 있으며, 이쪽에도 존재하고 저쪽에도 존재한다. 과거와 현재, 미래가 모두 나에게 가능한 시간인 것처럼. 때문에 국적이나 인종, 성별, 취향, 계급 따위로 누군가는 이것이고 다른 누군가는 저것이라 단언하지 말라. 본시 나는 너이기도 하며, 우리이고, 또한 그이자 그녀였다. 분열증은 병리가 아니라 나의 존재론이다. '나=우리'의 동일성이 아니라, '나-우리'이자 '나-너-우리', '나-너-우리-그/녀'의 무한한 연결의 확장에 '민'과 '데모스', '민중'의 본래면목이 있다!

살아야 하는 곳은 북쪽이었고

돌아가고 싶은 곳은 서남쪽이었다

올라가요라는 말은 살러가요라는 말이었다

내려가요라는 말은 그리워요라는 말이었다

　　　　　　　　　　　　　　　—문동만, 「서쪽」 부분

이 연결의 사유는 적과 나의 이분법마저 허물어버린다.

30년 전 나를 쫓던 정보과 형사는 그때 내 존재를 위협하는 가장 무서운 적이었을 게다. 하지만 시간이 흘러 민주화가 이루어지고, 더는 그때와 같은 방식으로 나를 추적하지 않는 그가 문득 나의 출판사를 방문한다. '우리 집 손님은 내 손님'이어서일까, 친절한 안내와 책 추천, 그리고 생각나는 것들. 나도 그도 '적'이라는 관념 속에 연결됨으로써 지금-여기까지 이르고 말았다는 것. "대단한 일을 하는 것도 아니면서/ 힘들게 사는 인생인 줄 아는지/평생을 정보기관에서 관리해주는구나"(조기조, 「나라가 뒤숭숭해질 때」). 이 혼잣말은 세월의 아이러니인 동시에 '너'와 '나'가 그다지 멀리 있지 않다는 기이한 공명의 순간으로 우리를 인도한다. 설령 우리가 서로를 "똑바로 쳐다보지 않고", 또 서로의 말이 "직선으로 날아가지 않는다" 해도, 우리는 지금-여기, 서로의 곁에 존재하고 있는 것이다(조기조, 「내 고향 사람들의 말투」).

5. 비인간, 중생의 정치학

다시, 민주주의란 무엇인가? '민'의 자치, '데모스'의 통치, 그리고 '민중'의 정치이다. 하지만 여기서 근대 정치학의 논제들을 끄집어내지는 말자. 지배자와 피지배자, 엘리트와 대중의 지긋지긋한 이분법이 다시금 가동될 테니까. 우리는 앞서 데모스가 '척도 밖의 존재', 비인간이자 괴물을 뜻한다고 말했다. 우선적으로 그것은 지배의 대상이었던 민중이며, 소수자 곧 여성과 장애인, 외국인 노동자 등을 가리킨다. 인간이되 인간적 대우를 받지 못했던 모든 이들이 여기 해당될 것이다. 그런데 비인간과 괴물의 지위에 던져졌던 이들이 다만 저 인간 존재자뿐이었을까? 비인간 자체, 동물과 식물, 사물 등에 대해서는 무심해도 좋을까? 인간의 주류적 범주 바깥에 놓인 데모스란, 그 괴물이란 어쩌면 인간의 형상 외부의 모든 존재자를 가리키지는 않을까?

> Man은 인간
>
> (…)
>
> Man이 될 수 없는 인간의 시간인데
>
> —김사이, 「제3의 계급」 부분

남성과 인간을 모두 지시하는 'Man'의 정치학은 근대 세계에서 서양의 남성 지배자에 한정된 언어였다. 남성이되 비서양인, 서양인이되 여성이라면 예외없이 'Man'의 범주 밖으로 밀려났던 것이다. 그들은 동물이고 짐승이었다. 인간이 아니었으니까. 하지만 서양인이든 비서양인이든, 남성이든 여성이든, 혹은 누구든 사람이라면 모두 인간 대접을 받아야 한다는 원리가 공언된 우리 시대에, 저 차별과 배제의 원칙은 먼 과거의 일이라 치부해도 좋을까? 인간의 바깥에는 인간 대우를 받지 못하는 인간만 있던 것이 아니다. 비인간이라 불리는 일체의 존재들, '인간 이하'의 취급에 던져진 어떤 존재자들이 있다.

어원상 '짐승'이란 단어에서 파생한 중생(衆生)은 근대적 인식론의 범주로는 포착되지 않는 모든 비인간적인 것을 포함하는 개념이다. 그렇기에 민중(民衆), 곧 데모스는 인간적인 것과 비인간적인 것을 평등하게 끌어안을 때 비로소 성립하는 개념이 된다. 민주주의가 본래적 의미를 실현하고자 할 때, 이처럼 확장된 민중의 관념은 결코 포기될 수 없다. 여기에 진정 '존재의 리얼리즘'이 있으니, 리얼리스트의 과제는 이러한 민주주의를 자신의 언어 속에 그려내는 데 있을 것이다. 하지만 무작정 눈에 들어오는 모든 것을 표현하자고 떠들 필요는 없다. 지금 당신의 말과 생각을 사로잡고 있는 모든 것은, 이미 척도화된 관념과 사유의 흔적에 해당된다. 거꾸로 우리는 눈과 귀를 막고, 밖이 아니라 안을 들여다보며, 소음과 무명(無明)을 탐사하기 위한 준비를 해야 한다. 들리지 않는다고 '소음' 처리했던 것들이 말하기 시작하고, 보이지 않는다고 '무명'으로 기각한 것들이 형상을 드러내는 지평으로 진입해야 한다.

그러다 "어느 한순간 감전이듯 귀 열"게 되는 때가 오리라. 그것은 "삶의 고갱이에 걸린 저 수많은 뇌파들 중 젤 기쁜 말 들릴 때"에 해당될 터인데, 가깝게는 친근하고 사소했기에 잊혀진 말들이지만 ("여보 사랑해 아빠 나야"), 동시에 인간의 언어로 발설되지 않은 모종의 웅얼거림일 수도 있다(정우영, 「기억 한 짝이 사라졌어」). 마치 "단단한 옹벽처럼 버티"던 창이 깨지고(김명기, 「발우공양」), 그 알 수 없는 언어에 대한 응답으로 "혼잣말이 하고 싶을 때"가 몰아치는 순간을 기필코 맞이해야 한다(김명기, 「백수광부」). 그것은 "보이는 것만 보지 말라는 긴 망원경"이 돌연 내 손에 쥐어지는 순간에 비할 만하다(박승민, 「노이무공」). 먼 것을 바라보는 도구인 망원경. 그런데 만일 가장 멀리 있는 것을 찾으려 한다면 그것은 바로 보이지 않는 것이 아닌가?

어느 날 갑자기 돌과 대화를 나누고, 바람의 노래를 듣는 신비를 기대하지는 말자. 대개는 자기기만이며 자아도취의 풍광에 지나지 않을 것이다. 가장 멀리 있는 것, 보이지 않고 들리지 않던 것은 어쩌면 '나'의 가장 가까이 있는 어떤 것, 나에 인접한 '나 아닌 무엇'일지 모른다. 나인 동시에 나 아닌, 비동일성의 무엇이야말로 그것일 게다. 그러니 '나' 바깥의 타자들에게만큼이나 스스로에게 접근하는 길을 따라가는 것이 중요할 수밖에. 지루하도록 지고한 내성(內省)의 길이 아니라 나와 나 아닌 것 사이의 이분법을 섬세하게 헤쳐 들어가는 고독한 진진의 길, "멍징한 고독"의 여정이 여기 있다(황규관, 「가을의 영혼」).

길이라고 생각했던 것이 어느 날 길이 아니었어

벽과 대치 중이었더라고

포기한 자만이 길을 찾니 포기할 것도 없는 자들에게

길 따원 필요 없어

시간은 무풍지대처럼 멈추고 그리고 허물어지지

그러나 허물어지는 건 벽이 아니라 시간

단단한 시간의 껍질을 벗지

돌과 물과 바람을 만나지

이것만이 순전히 자기 자신

고치처럼 껍질을 벗지

—백무산, 「대치 중인 자들」 부분

　　자아의 고독을 추상적인 코기토의 내성 속에 침몰하지 않으면서, "돌과 물과 바람을 만나"는 이 시간을 근대 인간학의 결절점이라 불러도 좋다. 인간과 비인간은 서로를 배척하거나 배제하는 존재가 아니다. 다만, 역사의 어느 시점, 근대의 어느 순간부터 인간은 비인간을 비존재로 격하시킨 채 보이지 않으며 또 들리지 않는 대상으로 치부했을 따름이다. 이제 근대가 저물고 인간의 황혼이 도래한 이 시대에, 인간 없는 저기 자연의 홀연함은 어떻게 귀결되는가?

6. 사건의 세계, 혹은 절대적 민주주의

　인간 없는 자연, 그 비인간성을 그리는 시적 실험의 하나가 여기
있다.

　　　마을에 홀로 살던 노인이 떠났다
　　　노인의 집이 비었다

　　　마을에 마지막 사람이 떠나자
　　　사람의 집이 비자
　　　집 앞에 배추밭만 남았다

　　　노인이 떠나기 전에 심은 배추는
　　　아무도 거두어가지 않았다
　　　배추는 얼고 죽어 겨울을 났다

　　　봄이 와도 누런 배추밭 나비도 날지 않고
　　　들에 개나리
　　　산에 진달래
　　　노래처럼 곱게 피었다

　　　　　　　　　　　　　　　　　　—임성용, 「배추밭」 전문

"마을"과 "노인"은 문명과 인간의 상징이다. 어떤 연유인지 알 수 없으나, 노인이 떠나고 마을은 허물어졌다. "사람의 집이 비자" 남은 것은 "배추밭"뿐이다. 경작과 생존, 경제가 합쳐진 활동이었으니 어쩌면 자본주의의 원시적 표상이라 불러도 틀리지는 않을 게다. 인간이 모두 사라지고 없을 때, 남겨진 문명의 잔해는 어떻게 될까? 인간 없이, 인간의 의미 부여 없이 자연은 어떻게 존재할 것인가? 인간의 잔여물로서 "배추"라는 식량은 "얼고 죽"겠지만, "겨울"이 지나 다시 "봄", 시간의 흐름은 여전할 것이다. 더 이상 "배추밭"은 일구어지지 않을 테지만, 거기엔 인간과 무관하게 이미 지속해왔던 자연이, "들에 개나리/ 산에 진달래"가 살아남아 "곱게 피"게 될 것이다. "노이무공(勞而無功)", "이 우주 속에는 아무것도 헛되지 않음"을 이보다 담백하게 보여줄 수 있을까?(박승민,「노이무공」) "풀꽃은 아무 데나 피고 풀씨는 아무 데나 떨어져 자란다"(임성용,「풀꽃따라간다」). 이것이 슬퍼할 일인가?

3. 하나님이 이르시되 빛이 있으라 하시니 빛이 있었고

앞의 빛은 언어/사물이지만, 뒤의 빛은 식물의 광합성을 하고 에너지를 지구에 공급하는, 모든 존재가 경험할 수 있는 실재 사실의 빛이다. 식물은 최초의 에너지 공급자이다. 이로부터 인간은 모든 사실들을 경험할 수 있게 되었다. 어떤 점에서 비트겐슈타인은 인간 없는 세계의 의미를 가장 정확하게 파악한 철학자일지 모른다.

『논리철학 논고』(1921)를 인용한 다음 시구를 보라.

우리는 다음과 같이 말해야 하는 것이다.

    1.1 세계는 사실들의 총체이지, 사물들의 총체가 아니다.

―최종천, 「식물의 광합성」 부분

존재한다는 것은 이름(기표)을 갖는 것이다. 이름은 인간의 의식을 반영하는 기표이니, 이름을 갖고 존재한다는 것은 이미 인간의 세계 속에 들어가 있음을 말한다. 바꿔 말해, 사물이 존재한다는 진술은 사물 자체의 실재성보다 인간의 의식에 포착된 사물의 기표가 존재한다는 뜻이다. 우리는 결코 사물에 대해 말할 수 없다. '사물'이라는 기표와 그에 부속된 관념만이 우리에게 주어져 있을 뿐이다. "5.632 주체는 세계에 속하지 않는다. 그것은 오히려 세계의 한계이다"(최종천, 「행복과 불행」).

그러니 이 세계는 사물이라 불리는 것 이면에 있는 실재의 총합으로 구성되어 있다고 말해야 옳다. "세계는 사실들의 총체이지, 사물들의 총체가 아니다"는 비트겐슈타인의 언명은 사물이 '말할 수 없는' 사건의 세계 자체임을 가리킨다. 이러한 "사실들의 총체" 혹은 '사건의 세계'라는 표현은 비인간적인 것의 실재성에 대한 언표에 다름 아니다. 요컨대, 우리가 통제할 수 없는 것, 즉 의지대로 명령하고 가공할 수 없는 무엇인가가 엄존한다.

이토록 도저한 논리형식주의적 사유를 좇아갈 때 우리가 만나는 것은 데모스의 총체이다. 사건의 흐름 가운데 생성과 변화를 거듭하며 존재를 이어가는 비인간적인 모든 것들, 중생이자 민중의 탈인간적인 형태들. 여기에 완전하고도 절대적인 민주주의의 이상이 있다. 모든 존재하는 것들은 사건 속에 자리를 바꾸며, 서로가 서로에게 연결된 채 변화를 겪을 따름이다. 이토록 평등한 사물들의 민주주의에 인간적인 것도 비인간적인 것도 함께 놓여 있는 셈이다. 필시 우리는 이 절대의 이상에 영원히 도달하지 못할 것이다. 그럼에도, 그것은 우리로 하여금 이 운동에 영원히 매달리도록 촉구하고 강제하고 있다.

7. 리얼리즘, 응답하는 힘

'리얼'이란 무엇인지, 다시 묻는다. '팩트'에 그것을 한정한다면, 우리는 더 이상 말할 필요가 없다. 주어진 모든 것이 주어진 모든 것으로서 충분할 것이기에. 하지만 '팩트' 이상의 것으로서 리얼은 주어진 현상을 넘어선다. 지금-여기 실존하지 않는 어떤 무엇도 언젠가 도래할 수 있고, 잠재적으로는 이미 도래해 있다. 핵심은 그 같은 미-래의 시간을 욕망하고 표현할 수 있는가에 달려 있다.

생각해보니 처음부터 달의 저쪽은 노동자 세상

모든 노동자들이 손을 놓으니 아무도 일하지 않는 세상

비정규직 노동자도 외국인 노동자도 사라져버린

뒤집어진 세상 노동자 세상

─이철산, 「달의 저편」 부분

리얼리스트는 '팩트'를 재현하는 기술자가 아니다. 그는 차라리 이 세계로부터 다른 세계를 향한 욕망을 불러내고, 그것에 형상을 입히는 주술사에 가깝다. 말하지 않는 사물과 동물, 비인간적인 것들에 입을 달아주고, 목소리를 내게 만드는 마술사라 해도 좋다. 모든 존재하는 것들이 평등의 평면에서 서로가 서로를 증언하고, 서로에게 응답하게 하라. 이것이 리얼리즘의 제1강령이 되어야 한다. 그러니 당연하게도, 리얼리즘은 언제나 민주주의다.

민주주의의 욕망은 단독자의 입에서 나오지 않는다. 나와는 다른 너, 너와는 다른 그/녀, 그리고 그들… 아니, 인간뿐만 아니라 그 너머의 비인간적인 것들의 몸짓 모두에게서 간신히 표방될 미세한 움직임에서 비롯될 것이다. 따라서 나인가 너인가, 인간인가 비인간인가와 같은 '신의 심판'에 얽매일 필요가 없다. 어느 누구도, 어떤 무엇도 아르케를 주장하지 않으면서, 서로가 서로에게 동등하게 감응을 주고받는 아나키적 평등은 '민주주의의 즐거움' 그 자체에 다름 아니다(『국가』, 558c). 자, 보라! 먼동 틀 무렵 노래 부르는 오리가 수평선 너머로 모습을 드러낼 때, 그에 따라 당신이 저도 모르게 기지개를 켜고 일어나 밥그릇에 수저 부딪히는 소리를 낼 때, 어딘가 우리가 모르는 낯선 소음들의 향연이 어우러질 때, 그전까지 알려지지 않았던 데모스의 민주주의가 비로소 시작될 것이다.

어두울 무렵 기지개를 켭니다 외따로들 앉아 있던

가창오리들이 물 박차고 치솟네요 동시에 날아오르네요

곤두박질치고 흩어졌다 다시 대열을 이룹니다

시시각각 하늘에 새겨지는 검붉은 띠

펼쳤다 접고 갔다 돌아오네요

산이 울렁거립니다

강이 흔들려요

기나긴 밤샘 작업이 끝나고

먼동이 트면 다시 솟구칠 것입니다

낱낱이 엎드려 낟알 주워 먹던 풀숲 사이

밤새 웅크렸던 날갯죽지 털며 한꺼번에 비상할 한바탕

살풀이춤, 저마다 하늘에 점 하나 찍겠지요 아침노을 물고

밥그릇에 수저 부딪치는 창가(唱歌)가 허공을 두드려댈 거에요

―김해자, 「가창오리」 부분

164

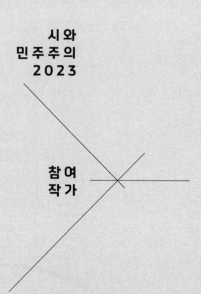

시 와
민주주의
2023

참여
작가

고영서

2004년 『광주매일』 신춘문예에 당선되며 작품 활동을 시작했다. 시집으로 『기린 울음』 『우는 화살』 『연어가 돌아오는 계절』 등이 있다. 2022년 5·18문학상 본상 을 수상했다.

권선희

1998년 『포항문학』으로 작품 활동을 시작했다. 시집으로 『구룡포로 간다』 『꽃마 차는 울며 간다』와 산문집 『숨과 숨 사이 해녀가 산다』 등이 있다.

김명기

2005년 『시평』으로 작품 활동을 시작했다. 시집으로 『북평 장날 만난 체 게바라』 『종점식당』 『돌아갈 곳 없는 사람처럼 서 있었다』 등이 있다. 제22회 고산문학대 상, 제37회 만해문학상을 수상했다.

김사이

2002년 『시평』으로 작품 활동을 시작했다. 시집으로 『반성하다 그만둔 날』 『나 는 아무것도 안 하고 있다고 한다』 『가난은 유지되어야 한다』 등이 있다.

김선향

2005년 『실천문학』 신인상을 수상하며 작품 활동을 시작했다. 시집으로 『여자의 정면』 『F등급 영화』 등이 있다. 오랫동안 여성 결혼이민자들에게 한국어를 가르 쳤고 현재 국제법률경영대학원대학교에서 한국어를 가르치고 있다. 문학 동인 '사월'에서 활동 중이다.

김용만

임실에서 태어나 완주에서 산다. 시집으로 『새들은 날기 위해 울음마저 버린다』 가 있다.

김 해 자

1998년 『내일을 여는 작가』로 등단했다. 시집 『무화과는 없다』 『축제』 『집에 가자』 『해자네 점집』 『해피랜드』가 있고, 민중구술집 『당신을 사랑합니다』와 산문집 『내가 만난 사람은 모두 다 이상했다』 『위대한 일들이 지나가고 있습니다』, 시평에세이 『시의 눈, 벌레의 눈』 등을 펴냈다.

문 동 만

시집으로 『그네』 『구르는 잠』 『설운 일 덜 생각하고』이 있고 산문집으로는 『가만히 두는 아름다움』이 있다. 제1회 박영근 작품상, 제19회 이육사시문학상을 수상했다.

박 승 민

2007년 『내일을 여는 작가』로 작품 활동을 시작했다. 시집으로 『지붕의 등뼈』 『슬픔을 말리다』 『끝은 끝으로 이어진』 등이 있다. 제19회 가톨릭문학상 신인상, 제2회 박영근작품상을 수상했다.

백 무 산

1984년 『민중시』로 작품 활동을 시작했다. 시집으로 『만국의 노동자여』 『이렇게 한심한 시절의 아침에』 등이 있다.

이 철 산

대구에서 공장노동자로 일하며 글쓰기를 하고 있다. 시집으로 『강철의 기억』이 있다. 제6회 전태일문학상을 수상했다. 대구 10월항쟁 역사 복원을 위한 글쓰기 모임 '10월문학회' 회원이다.

임 성 용

전태일문학상을 수상했다. 시집 『하늘 공장』 『풀타임』 『흐린 저녁의 말들』이 있고, 산문집으로 『뜨거운 휴식』이 있다.

정 우 영

1989년『민중시』로 작품 활동을 시작했다. 시집으로『마른 것들은 제 속으로 젖는다』『집이 떠나갔다』『살구꽃 그림자』『활에 기대다』등이 있으며 시평 에세이로『이 갸륵한 시들의 속삭임』『시는 벅차다』『시에 기대다』가 있다.

조 기 조

제1회『실천문학』신인상을 받으며 작품 활동을 시작했다. 시집으로『낡은 기계』『기름美人』『기술자가 등장하는 시간』이 있다.

조 온 윤

1993년 광주 출생. 2019년『문화일보』신춘문예에 당선되며 작품 활동을 시작했다. 시집으로『햇볕 쬐기』가 있다. 문학 동인 '공통점'에서 활동하고 있다.

최 지 인

2013년『세계의 문학』신인상을 수상하며 작품 활동을 시작했다. 제10회 조영관 문학창작기금을 수혜하고 제40회 신동엽문학상을 수상했다. 시집으로『나는 벽에 붙어 잤다』『일하고 일하고 사랑을 하고』, 동인 시집『한 줄도 너를 잊지 못했다』등이 있다. 창작 동인 '뿔'과 창작 집단 'unlook'에서 활동 중이다.

최 진 석

문학평론가. 2015년『문학동네』로 등단했다. 문학평론집으로『사건의 시학. 감응하는 시와 예술』등을 펴냈고『누가 들뢰즈와 가타리를 두려워하는가?』등의 역저가 있다.

최 종 천

1986년『세계의 문학』으로 작품 활동을 시작했다. 펴낸 시집으로『눈물은 푸르다』『나의 밥그릇이 빛난다』『고양이의 마술』『인생은 짧고 기계는 영원하다』『그리운 네안데르탈』이 있으며, 산문집으로『노동과 예술』이 있다.

허유미

2016년『제주작가』신인상, 2019년『서정시학』신인상을 수상하며 작품 활동을 시작했다. 청소년시집『우리 어멍은 해녀』, 공동 시집『시골시인—J』가 있다.

황규관

전태일문학상을 받으며 작품 활동을 시작했다. 시집으로『패배는 나의 힘』,『태풍을 기다리는 시간』,『정오가 온다』,『이번 차는 그냥 보내자』,『호랑나비』등이 있고 몇 권의 산문집이 있다.